「サラちゃん、綺麗に着飾ってる」
「ピエトロがガチガチだな」

「触っても良い？」

「どうぞ」

タニアの手に導かれて、エイジの手がお腹《なか》に触れる。

ぽっこりと膨《ふく》らみ始めたお腹の奥底に、
生命が宿っている。

青雲を駆ける 6

SEIUN WO KAKERU

Introduction

安産大作戦!?

タニアが新しい命を宿したことがわかって、エイジは大喜び。
だが、一方で新たな悩みの種も生まれる。
文明レベルの低い異世界では、
医療や出産の環境が十分ではなく、
妊娠しても無事に産むことはかなりの難題。
母子ともに健康が保証される可能性は低いという。
そこで、エイジは現代日本での知識を総動員して、
タニアと生まれてくる子どものために
環境を整えるべく尽力する。
荒れ果てた産院を清潔に建て直し、
水も自由に使えない問題を解決するべく
水道を引き、不十分な医療をカバーするために
薬師に協力を依頼。
果たして、タニアは安心安全に文字通り
「安産」となることができるのか。
甥っ子か姪っ子が生まれてくるような
気持にさせられる応援ムードあふれる第6弾。
鍛冶師《かじし》の青年は、無事に父親になることができるのか――。

青雲を駆ける　6

肥前文俊

ヒーロー文庫

青雲を駆ける

SEIUN WO KAKERU

6

illustration : 3

Contents

イラスト／3
装丁・本文デザイン／5GAS DESIGN STUDIO
校正／竹内春子（東京出版サービスセンター）
DTP／伊大知桂子（主婦の友社）

この物語は、小説投稿サイト「小説家になろう」で発表された同名作品に、書籍化にあたって大幅に加筆修正を加えたフィクションです。実在の人物・団体等とは関係ありません。

プロローグ

　エイジの無事とタニアの妊娠を誰よりも喜んでくれたのは、おそらくは村長のボーナであっただろう。

　村に帰還した翌日、エイジはボーナの家を訪れていた。

　長旅で体は極度に疲れていたが、ゆっくりと休んでもいられない。

　事情が事情だった。

　領主であるナツィオーニ自身が事態の収拾に走ったとはいえ、最悪の場合では東西で戦が勃発していた可能性もあったのだ。

　悠長に構えていれば、今後どんな事態が引き起こされるか分からない。

　詳しい経緯を報告するとともに、タニアの近況もまた聞く必要があった。

　ニコニコと笑顔で迎えてくれたボーナはエイジを椅子に座らせると、手ずから香草茶を注ぎ、近況を訊ねた。ずいぶんな歓迎ぶりだ。

　領主ナツィオーニからの危険な要望に応えて島の東へと向かい、帰還するまでの経緯を報告したエイジを、ボーナは心から心配し、同情し、そして憤ってくれた。

これまでにないボーナの温かな反応にエイジは目を瞬かせながらも、その優しい扱いにホッとしている自分を自覚する。

ここは、自分を温かく迎えてくれる場所だ。

気付けばシエナ村は、第二の故郷とも呼べる場所になっていた。

「ふうむ、そんなことになっておったとはな。無事で良かったわい」

「まったくです。今回ばかりはどうなることかと。命を失うことも覚悟しました」

「よう帰ってきた。タニアを一人残して死んだとあらば、あの世まで追っかけてこんこんと叱《しか》ってやらねばならぬところだったわえ」

「……ははは。そんなことにならずに済んで良かったです。いや、本当に」

「なんだえ、ワシのありがたい説教はゴメンか」

「勘弁してください」

口ぶりでは恐ろしいことを言いながらも、ボーナの表情はとても明るい。

それだけタニアが妊娠したということが嬉《うれ》しいのだろう。

高齢出産や未婚が当たり前となった現代日本と、この島の感覚では大きな違いがある。日本で言えば戦国時代や江戸時代のような価値観と言うべきか。

血を残さなくてはならず、そしてそれは跡継ぎである男の子が望ましい。

それができない女性の価値は非常に低いとされた。

石女《うまずめ》などと揶揄《やゆ》されるのは、どこの国でも変わらない。

ボーナには次期村長となる息子がいたようだが、先の戦で失ってしまっている。

タニアが妊娠したのは、もしかしたら不妊ではないかという懊悩《おうのう》を解消することになった。

跡継ぎが生まれる未来は、まさに悲願であったのだろう。

ボーナが皺々《しわしわ》になった手をエイジの手に乗せた。

骨ばって小さくとも、力強く温かな手だった。

きっとこの手で何度も村の危難を退けてきたのだろう。

「ナツィオーニたちの件についてはワシに任せておけ。厳重に抗議しておく。あまり軽々《けいけい》とお前さんが使われるのは避けたいからの」

「ご苦労をおかけします」

「なあに構わぬよ。それよりもお主はタニアについていてやっておくれ。あの娘も今は不安じゃろうて。お主が側にいてやれば、それだけで安心するからのう」

「少しでも力になれると良いんですが」

「旦那としてもっと自信を持つんじゃ。夫を亡くしてから寡婦を貫いたタニアが初めて見《み》初《そ》めた男じゃぞ、お主は」

エイジとしても女性の妊娠に立ち会うのはこれが初めての経験だ。

それだけに、妊娠や出産時の苦労については知識が生きてこない。

つわりが大変な女性がいるとか、むくみや腰痛など、体の不調に悩まされやすいとか、知っているのはふわっとした物ばかりだ。

実体験の伴わない知識は、どうしても問題が生じやすい。

エイジが関与できそうなのは、衛生観念と出産道具を考え出すことぐらいだろうか。

一体何ができるのだろうか？　思案するエイジに、ボーナは真剣な目を向けた。

「お前さんは、優れた技術や知識をいくつも持っておるな」

「私が開発したわけではないので、自分の手柄として誇るのはちょっと恥ずかしいのですが。まあ、そうですね」

「そんなことはワシたちにすれば、正直なところどちらでも良い。利益さえ享受できるのなら、とやかく言うつもりはないよ。そんなお前さんに、力を借りたい」

「ボーナさんから要望を出すなんて珍しいですね、何でしょうか？」

基本的にボーナは自分からエイジの持っている知識や技術を積極的に引き出そうとはしてこなかった。エイジのほうから積極的に動こうとしたときに限って、手を貸してくれていたように思える。

そこには村や島全体の利益と、新しい技術を提供することで起こる様々な面倒事を天秤《てんびん》にかけるという考えが透けて見える。

ある意味では、ボーナは陰ながらエイジを支え、助けてくれていた。

そんなボーナからの要望とあれば、エイジとしても可能ならば叶えてあげたい。

同時に難しい問題ではないかという不安もあった。

わずかに身構えたエイジに、ボーナは安心させるよう口に弧を浮かべる。

「心配せずとも、お主の意向に沿ったものじゃよ。その前に確認しておこうかの。お前さんはこの村で生まれる子どものうち、どれほどが無事に一年を迎えられると思う？」

「さあ、難しい問題ですね……」

日本では出産の成功率はとても高い。

年間の乳児死亡率はわずか二パーセント前後を保っていて、世界でも際立った成功率である。

もはやほぼ、人類の遺伝的な限界点に達していると言われている。

もちろん、それらは積み重ねられた高度な知識と技術、安全を確保する道具や衛生管理など、複雑な条件が整った上での成果だ。

シエナ村では求めるべくもない条件だった。

あまり考えたことのなかった問題のため、エイジにはすばやく答えが出せない。

推測の足掛かりもないが、とても低いことだけは分かる。

そう答えると、ボーナが答えを切り出した。

その声は避けようのない現実を前に、痛苦にまみれている。

「たとえば十人の妊婦がいたとしよう。そのうち無事に生まれるのは七人といったところだの」

「そんなに亡くなっているんですか？」

「うむ。たとえばお主の隣に住んでおるジェーンは三人の子どもがおるが、出産自体は五回しておる」

「じゃあ二人は……」

「そういうことじゃな」

「知りませんでした。いつも元気で快活な方なので」

「あれで女衆をまとめておるのだ。抱えている悩みも多かろう。エヴァのように子宝に恵まれる女も間違いなくおるが、タニアがそうであるという保証はない」

深刻そうなボーナの態度に理解が及んで、エイジも不安が押し寄せてきた。

たしかにこれは大きな問題だろう。エイジだって今タニアのお腹《なか》の中にいるであろう我が子には、なんとしてでも無事に生まれてきて欲しい。

日本でも七五三を祝う風習は、それだけその年まで成長する子どもが少なかった証《あかし》だと言われている。戦国時代の武士に幼名をつけ、元服の際に名を改めるのも、それまでは無事を保証できないからだ。大人になって初めて、一人前の生きていける人間として認められるのだ。

死は身近に潜んでいる。

そしてその死はタニアや生まれてくる子どもに訪れないとは限らない。

ぞっとする話だった。

「問題は子だけではない」

「ということは、タニアさんの身にも危険があると？」

「うむ。急に亡くなる娘も少なくない。あるいは産後しばらくしたかと思うと、突然熱を出してそのままということもな」

——産褥死《さんじょくし》。

そんな言葉が頭に浮かんだ。

出産時に内臓を曝《さら》け出すのだ。へその緒《お》や胎盤が子宮から体外に出る。膣《ちつ》や会陰《えいん》部《ぶ》が裂《さ》けることもあるだろう。

この時代の衛生管理であれば、どこから汚れに触れて菌が繁殖してもおかしくはない。

背筋が凍りついたエイジに、しかしボーナは不安を拭い去ったような態度を見せる。

「まあ、怖がらせたが、それでも無事に生まれてくる子は多い」

「そうでないと、誰も生き残れませんものね」

「うむ。おそらく心配はないんじゃろうが、より確実に無事であって欲しくての。ついお主の知識や技術があれば、と期待してもうた。難しいようであれば、撤回するが、どうかの？」

「多分、いくつか打てる手はあると思います」

「おお、あるか！　うむ、うむ。さすがは孫の選んだ男よ」

ボーナの表情に喜色が浮かんだ。

やはりかなり心配していたらしい。孫娘を想《おも》う気持ちは本物だ。

身を乗り出してきたボーナに対し、エイジは釘《くぎ》を刺すことも忘れない。

「先に言っておきますが、案のすべてが実行できるかどうかは分かりません。実用可能かどうかも、試していないわけですし。それになによりも……」

「な、なんじゃ？」

「時間が足りません。本業の傍《かたわ》ら試行錯誤するには、あまりにも難しいかと」

「なるほどの……時間か。これぱかりはたしかに難しいのう……」

「鍛冶仕事は時間がかかりますからね。仕事を疎《おろそ》かにしていいというわけではないんでしょう？」

「もちろんじゃ。もはや鍛冶は村にとってはなくてはならない産業よ」

どさっと音を立てて、ボーナが椅子に座り込んだ。

ふうむ、とこめかみに手を当て、沈思黙考してしまう。

ちょっと強く言い過ぎてしまっただろうか。

「とはいえ、時間をかけずに打てる手もいくつもあります」

「そ、そうか。たとえばどのような手がある？　少しだけでもええ、教えておいてくれ。案を聞いて実行可能な段取りが組めるか考えてみよう」

「すごく簡単なところからだと、まずは産院……産む場所を周りも含めて綺麗《きれい》にすることです。床を掃き清めたり、机や椅子を拭いたり、排水の溝に溜まった泥を流したり」

「ほう？　そんなことも出産に関係があるのか」

「ええ。菌……といっても分からないでしょうが、体に良くない邪気がそういった穢《けが》れから入ってくるんです」

村でもボーナは非常に明晰《めいせき》な頭脳を持っている。

そんな彼女でさえ、衛生管理といった知識は皆無である。現代日本が持つ小学生でも知っているような当たり前という名の大切な知識の数々。それが、この島にはまだない。

たとえば農夫ならば泥だらけの手で普通に食事をしたりしている。馬糞《ばふん》や牛糞《ぎゅうふん》などで汚れた畜舎と地続きの部屋で寝起きする。

その他にも、エイジが風呂を導入するまでは、川で体を洗うぐらいだった。

理解できないということは、積極的になれないということでもある。

とはいえ、エイジが風呂を薦めたり、石鹸《せっけん》を作ったりすることで、わずかなりとも衛生管理の重要性は広まり始めていた。

特に指導者層のボーナは、エイジの知識を重要と捉えている。

「理屈は分からないかもしれませんが、ことはタニアさんや子どもの命に関わります。なんとしてでも、敢行してください」

「うむ。そうじゃの。薬師の家はもうそろそろ建て替えの時期だったか。どうせなら、家ごと新しく建ててしまうというのはどうだ？」

「それなら完璧《かんぺき》です」

「そうかそうか。となればフランコたちに動員をかけるとしようかの。タニアの出産までとなれば忙しくなりそうじゃが、他にも妊婦はおったはずじゃ。子が元気に生まれやすくなると知れば、賛同するものも多かろう」

ボーナが機嫌よく計算を立てていく。さらっとフランコが修羅場《しゅらば》に陥りそうな発言も聞こえて、エイジは顔を引きつらせたが、黙認した。

フランコとタニアを天秤にかければ、エイジはタニアを取る。

すまない、フランコさん。

あとでお酒でも差し入れして労《ねぎら》おう。きっと心から許してくれるに違いない。

「問題は薬師の方じゃの。うちのお婆《ばば》のドーラが産婆《さんば》をしておるが、お婆がはたしてどれほどお主の言うことを素直に聞くかどうか」

「頑固な人なんですか？」

「そういう訳ではないが、かといって素人《しろうと》が横から口出しすれば、誰だって頭にくるじゃろ」

職業におけるプライドの問題は、理屈ではなく感情の問題だ。

理論立てて説明できるならばともかく、エイジにはその技術を立証できるものすらない。

説得するとすれば感情に訴えかけるしかない。

あとはその薬師が人を救いたいという気持ちに偽りのない、情熱を持った人であることを期待するしかないか。

説得するならどんな言葉をかければ良いだろうか。

「ワシが頭ごなしに指示をしても、おそらくは無駄になるじゃろう。これについては、良い手があればまた伝えよう。ひとまずは建て替えだけは責任を持って進めておく」

「よろしくお願いします」

「いや、良いわえ。お主に相談できて良かった。また相談に乗っておくれ」

「こちらこそ、初めてのことで不安になったときには、相談させてもらっても良いですか？」

「もちろん。いつでも歓迎するぞえ。何せお主は孫の夫じゃからな」

最初に出会ったときの厳しい態度はどこにいったのやら。

今ではとても温かな目で、エイジを見てくれている。

この人の期待に応えたい。なによりもタニアには無事に産んで欲しい。

エイジは深々と頭を下げて、その場を後にした。

第一話　近況と試験の始まり

報告からの帰り道、エイジはどんな対策を採るべきか考えながら歩いていた。

初夏の日差しはキツイが、シエナ村近辺は標高が高い。木々に覆われていることもあって、空気はヒンヤリとしていた。

麦畑の間を歩きながら、ああでもない、こうでもないと頭を悩ませていると、見知った二人の男が並んで歩いている姿を見かけて、エイジの表情がほころんだ。

マイクとフェルナンドの二人だ。

猟師《りょうし》と大工という接点のない職業ということもあってか、普段はあまり絡んでいる印象のない二人だったが、仲は良い。

祭りなどで絡む機会がある時には、共に酒を飲んでいる姿を見ることができる。

楽しそうに話しながら歩いているのが見えた。

エイジに気付くと、マイクが手を振ってくれる。

エイジは軽く頭を下げながら、近づいた。

「ようエイジ、タニアちゃんは元気してるか？」

「おかげさまで。初めてのことで色々と動揺してますけど、ジェーンさんの妊娠中とかを知ってるらしくって、案外タフにやってますよ」

「良かったよな妊娠できて。まあ、ここからが大変なんだが」

万感のこもった言葉だった。

ジェーンとの間には三人の子がいるが、やはりいろいろと大変なこともあったのだろう。

自分と同じ道を辿《たど》る同志ということで、哀れみともつかない目で見られた。

「僕も助けになれるなら手伝うよ。何でも言ってくれ」

「ああ、ありがとうございます。フェルナンドさんにはちょっとご負担になると思いますが、今の言葉を信じさせてもらいます」

「えっ、なに。なんだか大変そうな感じだけど。……もしかして早まった？」

「やだなあ。活躍できる場面があって良いじゃないですか」

「これはヤバい。多分ガチな話だ。ちょっと急用を思い出した」

「逃げても追いかけられるから、ダメです」

焦りだしたフェルナンドに、エイジは爽《さわ》やかな笑みを浮かべて誤魔化した。

普段の業務内容は多岐にわたり、おそらくは村の中でももっとも忙しい一人だろう。

そんな人をさらに酷使しなくてはならない現状に胸が痛む。

タニアの安全のためには、心を鬼にして犠牲になってもらうしかなかった。仕方がないので思いつく限りの仕事を振ろう。

「マイクさんは妊娠中とか、どんな苦労がありましたか？」

「俺か？　俺はジェーンの奴が味覚が変わってさ。それが大変だったよ」

「ああ、急に野菜ばっかり食べ始めたりするもんな」

マイクの発言にフェルナンドも共感したのか、何度も頷《うなず》いている。

酸《す》っぱいものが食べたくなる、などといった話はエイジも聞いたことがあった。

「ジェーンのやつが肉をまったく受け付けなくなってさ。腹は大きくなるんだけど、どんどん体は細くなっちまって……。俺はもう仕方がないから、森に入って獲物じゃなくて果物ばっかり採ってきて、猟師を廃業しなくちゃならねえかと思ったよ」

「猟師から農夫に転業ですか」

「こいつはこんなこと言ってるけど、実際は罠《わな》とか上手に仕掛けて、獲物もちゃんと捕らえてたんだぜ。あのときは村で株が上がったんだ」

「へえ、それはスゴい」

「よせやい、照れるじゃねえか」

マイクが顔を赤くして照れる。

おっさんの照れ顔はあまり見栄《みば》えが良くない。

謙遜《けんそん》しているが、両立させるのは並大抵の苦労ではなかっただろう。

ジェーンがなんだかんだと言いながら、マイクを大切にしている理由が垣間見えた気がした。

「僕から忠告することがあるとすれば、男はどう頑張っても、女性の身にはなれないってことだ。もちろん大変そうだとか、つらそうだとか、想像するのは大切だよ？　でも最終的には周りの女性にアドバイスを貰ったり、手伝ってもらったほうが圧倒的に早いし、いい結果が出る」

「村の女衆に助けを求めたほうが良いってことですね」

「全部頼ってたら反感食らうけど、それでも困って頭を下げたら、なんだかんだ言いながら助けてくれるよ」

「覚えておきます」

困ったような表情を浮かべながら、フェルナンドが相談するように勧めてくれる。なんともいえない表情だったのは、過去に少しばかり苦労があったのだろう。

どうあっても苦労するなら、助けてもらったほうが良い。最初は変な気遣いや遠慮をしてしまいがちだろうから、助言が役に立ちそうだ。

「ただまあ、こんなことをいうと不吉に感じるかも知れないけど、俺は言っとくぞ」

「な、なんでしょうか」

マイクが怖い表情を浮かべる。いつものひょうきんな態度との違いに、エイジは襟を正した。なんだかかなり真面目《まじめ》な話のようだ。

「どれだけ頑張っても、子が無事に生まれないこともある。その時はぜったいに責めてやるなよ」

「マイクさん……」

「ジェーンのやつも、二回ガキが死んじまって、気丈な女だからさ、仕方ないなんて言ってたけど、夜中にふっと目が覚めたら、あいつ泣いてるんだ。ごめんね、ごめんねって死んじまったガキにずっと謝りながら……。そんな姿見ちまったら、俺はもう何も言えねえよ」

悲しげな表情を浮かべるマイクの言葉は重みがあった。

マイクも同じぐらい悲しい思いをしただろうに、強い人だ。

フェルナンドがマイクの肩を抱いて、エイジを見つめた。

「こんなことを言ったら怒る人も多いけどさ、母親が無事なら、またいつか子どもは望める。ものすごく自分を責めてるようだったら、優しい言葉をかけてあげるのが大切だよ。マイクみたいにウザ絡みして張り飛ばされるのはダメだけど」

「ちょ、なんでそれ知ってんだよ！」

「ははは。バレてるのを知らないのは本人ただ一人ってね」

どうしようもなく人の死が身近にあるこの世界の人達だからこそ言える言葉だろう。エイジとはまた感覚が違うのだ。悲しく苦しいのは同じでも、捉え方が隔絶してしまっている。

エイジにはおそらくそこまでの達観はできそうにもないが、覚悟がいることだけはひしひしと伝わってきた。

だが、同時に思うのだ。タニアにだけは、そんな悲しい想いをさせたくない。

取れる限りの手を打って、少しでも安全に子どもを産める環境を整えるべきだろう。

「おっと、引き止めて悪かったな。用事があったんじゃないか？」

「いえ、助言をいただけて助かりました。また困ったことがあれば相談させてください」

気遣ってくれるフェルナンドに礼を言って、エイジはその場を後にした。

いろいろと考えることが多すぎて、自分たちの家に帰ると、おもわずほっと安心してしまう。

「ただいま」

「はーい、エイジさん、おかえりなさい！」

声をかけて扉を開けば、すぐにおかえりと応じてくれる声がある。

そういえばこの家ももう少し綺麗にしておかないといけないな、と思い当たった。

エイジたちの家は、他の家々に比べると、かなり清潔だ。現代の衛生観念が根付いたエイジが清掃に励んで、タニアもそれに感化されているためだ。

日頃から常に掃き掃除をしているし、靴の泥などは玄関前で落とすようにしている。

それでも避けようのない汚れというものは溜《た》まってしまう。

拭き掃除に使う水一つでも、井戸から汲んでこなければならない。

ガスのように汚れの出ない熱源は望めず、火を使うには薪《まき》や炭を使う必要があるから、どうやっても灰が舞ってしまう。煤《すす》汚《よご》れも絶えない。

つくづく身の回りの道具が不便だと思ってしまうが、これぱかりは我慢するしかない。

「どうかされましたか？　なにかお祖母《ばあ》ちゃんと問題でもあったんですか？」

「いえ、ちょっと考え事を。ボーナさんへの報告は無事にすみましたよ」

「良かった。怒ってませんでした？」

「優しく心配してくれました。これから父親になるんだからもっと自分を大事にしろって諭されてしまいましたよ」

「あらまあ。でもそうですね。これからはあまり村の外には出ず、家にいてもらえると助かります。私が寂しいですからね」

「また引き止められるのも悪いですからね」

「そうですよ。あの時は胸騒ぎがして大変だったんですから」

にこにこと笑いながらも、タニアが頷いた。

その手はまだぱっと見て分からないほどに大きくなったお腹に当てられている。まだそこに新たな生命が宿っているという実感を、エイジは得られていない。

タニアさんには、ほぼ間違いなく確信できるものがあるんだろうな。

「なんだかタニアさん、雰囲気が変わりましたね」

「そ、そうでしょうか？」

「はい。もともと優しい人でしたけど、ますます包み込むような雰囲気が出てきました」

「そんなこと言われると照れちゃいますよ」

やんやん、などと頬に手を当ててブンブン首を振り回す姿は、可愛《かわい》らしい。

やっぱり勘違いだったかな。

どことなく子どもっぽい部分をのぞかせるその態度が、エイジは好きだった。そんな姿も見かけなくなるのかと思っていたが、まだ大丈夫らしい。

「体調はどうですか？　変わったところとかは」

「ぜんぜん大丈夫です。今のところひどいつわりも出てませんし。もうっ、これ何度目ですか？」

「だって気になってしまうんですよ。心配で心配で」

タニアが頬を膨らませて怒った。

エイジは軽く謝りながらも、やっぱりまた同じように心配してしまうんだろうな、という気がしている。初めての妊娠ということもあるが、先ほどのボーナたちの話が耳にこびりついている。

普段から栄養管理もして、万全の状態で出産に臨んで欲しい。

「できる限り手伝うつもりですから、無理はしちゃダメですよ」

「分かりました。ああ、もううちの旦那さまは過保護が過ぎるなあ」

「まったく気にしない男より良いでしょう」

「それはそうなんですけどね。……しばらくはゆっくりできるんですか？」

そっと心配そうに、タニアが聞く。

交易だ、領主からの要望だなどと、エイジは村を空けることが多かった。タニアが心配するのも仕方がないことだろう。

エイジとしては最低でもこの一年ばかりは出るつもりはなかった。

「ゆっくりはできませんけど、この村にずっといるつもりですよ。用事はいろいろとあるので」

「良かった。エイジさんたら家に帰ってきたと思ったらすぐにピュ～って出かけちゃうんですから」

「私だってタニアさんと一緒にいたいんですよ。一番の理由はそこです。タニアさんに安心して出産を迎えて欲しいし、我が子を見守りたいですからね。離れていられません」

「もう、上手いこと言っても騙《だま》されませんからね」

「本当ですよ」

やいやいと笑いながら、二人して朝食の準備を始める。

少し前に小麦騒動もあったため、パンには雑穀が多く含まれている。その代わり、森から果物の採集を多めに行っているらしく、テーブルにはベリー類やナッツなどが添えられていた。ヤギや羊のチーズもある。

シエナ村の中でも、エイジたちの家は裏の畑の開拓を誰よりも早く行ってきた。毎朝のエイジの仕事が、畑の拡張とその手入れに費やされていただけあって、多種多様で新鮮な野菜が手に入る。そのため村の中では、栄養バランスはかなり優れた食事が取れた。

健康状態にも大きく寄与しているだろう。

「私もですけど、お弟子さんたちもひと処《ところ》に腰を据えてもらえると、嬉しそうですよね」

「そうですね。飛び回ってばかりで、それはそれで勉強にはなるんでしょうけど、やっぱり職人は物を造ってこそ、というところはあります。以前は文句を言われてしまいましたよ」

「じゃあ喜んでるんじゃないですか？」

「さて、どうでしょう。ピエトロなんかはまた外出したい、とか言い出しそうですが」

「まあ。そういえばピエトロ君は村の外を知りたがってましたね」

目を見開いてころころと笑うタニアの姿には、不安や疲れの色は見えない。

このまま順調に行けば良いな、と思いながら、エイジは食事を続けた。

エイジが鍛冶場に着いたときには、もうすでに弟子たちは揃《そろ》っていて、準備も万端整えられていた。ひんやりとした外気とは違い、狭い空間は炭火からの熱気で暑くなっている。

おはよう、と声をかけていきながら、エイジは匂いを嗅《か》いだ。

久しぶりに訪れた鍛冶場からは、独特な金臭さを感じる。

中はやや薄暗く、外から入ってすぐには明瞭《めいりょう》な視界は得られない。そうして体が慣れるまで少しばかりうろうろと自分の準備を始めて、道具が揃っているかチェックを終えたら、連絡事項を伝え始める。

今日は少しばかり特別な要件があったから、伝えるのが楽しみだったりしている。

「先日は大変だったと思うけど、全員が無事に帰ってこれてよかった。今日は皆に良いお知らせがあります」

「おっ、なんだなんだ。給料が増えるのか？」

「忙しかったからお休みがもらえるんでしょうか？」

「俺はそれよりも特別な技術を教えてほしいっす」

「僕も休みよりは技術が知りたいかな」

思い思いの反応を楽しんで、エイジは頷いた。一番初めに反応したダンテなど、鼻を膨らませて前のめりになっているし、ピエトロやレオもかなり興味を持っている様子だ。

カタリーナ一人は、こてんと首を傾《かし》げて、可愛らしい仕草を見せた。

「今後しばらく、大工道具の需要が高まるため、それらの道具を作っていくことになります。それで、皆さんの技量を確かめた上で、テストをします」

「テ、テストっすか？」

「おいおい、それのどこが良い知らせなんだよ、親方よう」

「期待通りの反応ありがとう。でも喜ぶことだと思うよ？　合格すれば、晴れて職人の仲間入りだからね」

エイジが言った途端、空間が静まり返った。

ごくり、とダンテがつばを飲んだ音さえ聞こえてくる。

職人には三つの段階がある。

一番上はエイジがしている親方。その下には職人がいて、一番下が見習いだ。

見習いと職人には大きな隔たりがある。周りの扱いがまったく変わる。

彼らはエイジの下に弟子入りしてまだ数年。普通は短くとも十年は下積みを重ねるから、職人として認められるには、あまりにも早い時期だ。

「おっ、なんだなんだ。もしかして皆一発で合格を狙ってるわけかな？　試験はするけど、合格ラインに達してなかったら容赦なく落とすから、そんな余裕はないと思うんだけど」

「それでもチャンスが有るだけ良いっすよ」

ピエトロがかすれた声で話す。その目は爛々《らんらん》と輝き、強い意欲を感じさせる。

現代日本では、長年の下積みはずいぶんと軽視される傾向にある。すぐにでも仕事を覚えさせてあげたほうが実力もついて良いという考えだ。何十年も皿洗いや給仕だけをしていて、厨房で包丁を握れないのは無駄でしかない、というものだ。

業務外の時間に練習をするという考えも、今の労働規則から考えると時代遅れだろう。

エイジもその価値観は正しいと思っている。そもそも父親からも厳しい下積みをさせられたという意識も少なく、やりたいように技術を学ばせてくれたぐらいだ。

だが同時に、この世界で同じことができるかと言えば、できない。

文化や風習が違えば、最適解も変わってくるのは当然といえば当然のことだ。

この島と現代日本との一番の環境の違いは、物資の貧しさにある。

下積みの見習いに触れさせて、無駄にできるような余分なものは一つもない。

一人前の職人たちが最大限に有効活用しないと、とてもではないが物質が足りないのだった。

もう一つは、世界の狭さにある。現代日本では、都会に人が集中しているとはいえ、一人前になった職人が店を開こうと思えば、物理的にはどこでも可能だ。

だが、近代の鉄道網が出来上がる前までは、人の移動できる距離などたかが知れている。仕入れが可能な場所も、縁やコネが大いに絡んでくるため、あまり遠場で開業するということも難しい。結果、もともとの職場のすぐ近くで開業することになる。

優秀な職人を頑張って育てたら強力なライバルになって、自分の店が潰れました、では目も当てられない。

そんな背景もあって、親方が部下たちを育てるのはなかなかに慎重な判断が求められるのだ。

幸いなことに、エイジは効率こそ落ちるものの、数百年先の製錬技術を確保している。資源にも今の所困っていない。

この島で唯一の製鉄鍛冶場ということで、同じ鍛冶場が増えても困るというほどでもない。

独占し囲い込むというやり方もあるだろうが、やりたいとも思えない。

価格統制が行われて、技術の進歩も遅れてしまうだろう。

だから、エイジとしては彼らを職人として認める試験を行うのになんら問題はないのだ。

「とはいえ、だ。君たちがすべての道具の仕上がりを合格ラインにまで揃えられるとは思ってない。才能の問題じゃなく、ただただ経験が足りないって意味でね。だからこれから言う道具のうち、自分が試験に提出したいものを選んで、それを出して欲しい」

「エイジ親方、質問ですが、提出するのは一つだけですか？」

「できるなら二つでも三つでも良いよ」

「ううん、悩ましいな。提出にあたって親方には指導をお願いすることはできるんでしょうか？」

レオの質問にエイジは首を横に振った。

当たり前の質問ではあるが、それでは判断基準が狂ってしまう。

「提出物に関して手助けは一切しない。それに誰がどんな道具を作っているのかも、関知しない。期日になったら全員の道具をまとめて提出してもらって、その道具に対してだけ評価を下すようにします」

「誰が造ったからって採点が甘くならないようにってことっすか」

「そうだね。……しばらくは早めに鍛冶場を出るから、残りの時間、提出物を造るのに充てるようにしよう」

エイジの提案に、皆が頷く。

テスト自体に納得した上で、質問に移る。

「で、大工道具って言うけど俺様は何を造れば良いんだ？」

「本当はなんでも造れるのが野鍛冶の優れたところなんだけどね」

ダンテの質問にエイジが答えていく。

大工が使う道具は非常に多種多様だが、もっとも消費量が多いのが釘だ。

道具として使い続けるものとしては、玄能《げんのう》、鑿《のみ》、鋸《のこぎり》、鉋《かんな》、斫《はつ》り斧《おの》、釿《ちょうな》などがある。

どれも一朝一夕で満足のいく道具が造れるものではない。

非常に簡単そうに見えて、職人が満足するレベルに達するとなると、難しいものだ。

形だけを真似《まね》できて第一歩。さらにそこから実用性を備えて、ようやく一人前。

腕のいい職人となると、遣い手に馴染《なじ》み、十全に能力を発揮できる道具を造らなくてはならない。

「どれを造れとも言わない。これならできそうだと思うのを選べばいいさ。逆に能力もないのに、とりあえず出しておくかって甘い考えを持ってる者がいたら、容赦なく減点するから」

「わ、わかったっす」

「何だピエトロ。出すだけ出してみようって思ってた口か」

ぎくっと顔をこわばらせたピエトロの態度は、そうだと言ったようなものだ。

「道具の柄が必要なものに関しては、フェルナンドに相談して欲しい。あの人も忙しいから、弟子のトーマスが担当することになるかな？」

「使用する人は誰を想定して造りますか？」

「ああ、カタリーナの質問は良いね。誰のために造るか、伝えておかないと。想定している使用者は、私です」

ギクッと顔を引き攣《つ》らせた弟子たち。

言葉の意味が分かったようで何よりだ。

他の職人であれば、万が一の言い訳もできるかも知れない。体の大きさや普段の使い方を知らなかったから、合わせるのが難しかったなどと。

だが、エイジが使用者とあれば、そんな言葉は通用しない。

普段から動きを一番見ている相手だし、体の寸法を測りたければすぐに調べられるのだ。

「製作期間は長めに見積もって二ヶ月としようか。日々の仕事をこなしながらだから、ちょうど良いでしょう。何か質問は？」

「はい、あります」

「レオ、なんでしょうか？」

「挑戦して落第した場合、なにかペナルティはあるんですか？」

「ああ、ないかな。また挑戦すれば良いし」

「ないんですか……？」

「あくまでチャンスを設けてるだけだからね。今後もまたテスト自体はするし、今回ダメでも次に合格すれば良いんじゃない。ただ……」

「ただ、なんですか？」

「早く仕事を任せられたら、その分鉄を打てるわけだから、より早く上達するだろうね。ペナルティはないけど、合格したときと不合格のときの未来を比べたら、大きな差ができそうかな」

「分かりました。ありがとうございます」

神妙な顔で礼を言って、レオが考え込んだ。

チラチラと視線を交わし合い、目線だけで会話をしている弟子たちは、緊張感があって
とても見ていて頼もしい。

「ああ、それと弟子同士で相談するのは構わないよ。ただできれば一方的に教えられる関係にはなって欲しくないかな」

もともと心配していなかったが、これなら腑抜《ふぬ》けた作品が提出されることもないだろう。

あるいはエイジが期待している以上の素晴らしいものを見られるかも知れない。

「さあ、じゃあ村を出た間に溜まってた仕事を終わらせようか」

エイジは期待しながら、一度会話を打ち切った。

◇◇◇

ある日の朝、それは起きた。

いつもどおりの朝を迎えて、水汲みや畑仕事を軽く終えたあとの頃だった。

なんとなくタニアの動きがぎこちなく、顔色も優れないことにエイジは気付いた。

テーブルの上に料理が並び、椅子に座る段階になっても、やはりタニアの動きはゆっく

りとしている。不快げにひそめられた眉間には深いシワができ、言葉もなく料理を睨《にら》んでいる。

「タニアさん、大丈夫ですか？」

「す、すみません……。ちょっと食欲が……」

「つわりかな……。無理しなくて大丈夫ですよ。ゆっくりしていてください」

「でも、こんなのじゃ迷惑に……」

「何言ってるんですか。これで無理して動いて子どもになにかあったらどうするんです。それこそ大迷惑になってしまいますよ」

料理に箸をつけることも難しいようだった。

そのままエイジがタニアを抱えて、ベッドへと移動させる。

タニアはぐったりと身を預けて、身動きを取ろうとしなかった。

「吐き気はないですか？」

「少しだけ……。食べたら戻してしまうかも」

顔色が青ざめて、呼吸が少し荒くなっている。

ベッドに寝転ぶと、つらそうに目を閉じた。

熱がないか確かめて、脈を測る。

精密な医療機器のない世界では、どちらも健康を測る重要な指標の一つだ。

脈は少し速く、弱くなっている気もするが、大きな問題はなさそうだ。エイジは肩の力を抜いた。やっぱりつわりだろう。念のために、ジェーンに話をしておいたほうが良いだろうか。

エイジは体を屈め、見上げてくるタニアの顔の高さに合わせると、美しい顔に手を当てた。頭を撫《な》でたり、頬に手を添えたりすると、心地よさそうにタニアの表情が緩む。

こころなしか、頬の血色が良くなったように見えた。

「まったく食べないというのも、体に良くありませんからね。食欲が戻りそうだったら、口にしてみてください」

「ありがとう、エイジさん。なんだか思ってたよりも頼もしくって意外……」

「ええ、そうですか？　……そうかも。自分でももっと狼狽《うろた》えるかと思ってた」

不思議なものだと思った。知らない間に度胸がついたのか。

それとも今回のケースが予想できていたから、心の準備ができていただけかもしれない。

タニアに食欲はなくとも、エイジは食事を摂る必要がある。

黙々と食べ終えた。

やはり一人での食事は味気なく感じる。いつも一緒に食べて、交わす言葉の一つひとつも料理の体験を高めてくれるんだな。

料理には虫除《むしよ》けの籠を置く。ラップのような便利な道具はないのだ。

「これからジェーンさんに話をしてきますので、ゆっくり寝ていてください」

「でも迷惑を……」

この期《ご》に及んで周りを気にしてしまうタニアに、エイジは困ってしまう。迷惑をかけないことと、心配させないことは一緒ではないのだ。

立ち上がろうとするタニアをそのまま寝かせて、エイジは言った。

「今日はおとなしくしておくことです。無理していたってジェーンさんに聞かされたら、怒って口も利きませんからね」

「ふぇえ……」

涙目になってうるうるとしているタニアの姿を見ると、なんだか罪悪感が湧き上がる。うっと怯《ひる》んでしまう。だがだめだ。ここで許してしまうと、多分この人は無理をする。

村の互助組織としての役割は、こんなときこそ役に立つはずなのだ。

ううう、と涙目になりながら瞳で訴えかけてくるタニアの頬を指でぷにぷにと突いて、エイジは家を出た。ジェーンを呼びにいかなくては。

妊娠を知らされ、早くも出始めた変化を前に、エイジは一日も早く準備を整える必要性を感じていた。

幕間　ピエトロの不安

夕暮れの鍛冶場で、エイジが一足先に退出する。あとに残された弟子たちは、その背中を見送ってから、顔を突き合わせた。

「なあ、お前ら出来てるか？　俺様はぜんぜんだ……」

「僕も納得のいく出来じゃないね。親方は優しいようで、仕事に関しては人一倍厳しい人だから、たぶん合格しないと思う」

「私もダメですねえ。一応見本と見比べながら造ってるんですけど、比べれば比べるほど未熟なのが痛感できます」

ふうっと揃って溜め息を吐いている。そんな弟子たちの姿を見ながら、ピエトロは一人先に火床《ほど》に向かうと、練習用に使用を許可されている鋼材を炭の中に突っ込んだ。

箱鞴《ふいご》で風を送りながら、まあ当然だよな、と思う。

見習いから職人へとステップアップするのだ。

毎日いくら師匠の背中を見ていても、手が同じように動くわけではない。

日々のほんの少しずつ任された仕事は鉄を理解するのに役立っているが、それも大鎚《おおづち》を使ってのもので、職人が使う小槌《こづち》ではあまり経験がなかった。

ただ力いっぱい、リズムよく振り下ろせば良かった大鎚と違って、小槌は鉄の形を見てどこをどう叩《たた》けば良いのか、自分での判断が求められる。師匠が場所や叩き方を指示してくれるわけではないのだ。

力加減や方向性、叩く回数といった諸々の要素が、多くても少なくても問題が起きる。

その微妙な勘所は、造って造って学ぶしかない。

こればかりはエイジがどれほど優れた師であったとしても、力の及ぶところではなかった。

でも、自分は違う。

ピエトロが幸いだったのは、エイジの一番初めの弟子となれたことだ。

もっとも人手の足りない状態だっただけに、ピエトロに任せられた裁量も、他の弟子たちよりも遥かに大きかった。ピエトロはダンテやレオ、カタリーナの三人に比べると鉄に触れている時間が長く、自分でも簡単なものを造らせてもらうことができた。

俺は運が良かった。

今度の試験の合格に一番近いのは、おそらくは自分だろう。

まだエイジには打ち明けていないが、ピエトロには今回の試験になんとしてでも合格しなければならない理由があった。

幼馴染みのサラとの結婚を控えているのだ。もとより親同士の付き合いが深く、自然と婚約が決まっていたが、サラの父親であるベルナルドが、狼《おおかみ》のせいで亡くなってしまったのだ。あんなことがなければ、サラももっと楽に生活できただろうに。

いまサラたちはかなり厳しい生活をしている。もとより男の働き手がいない家は、食料配分が減らされてしまう。

見習いから職人になれば、配給される食料も大きく増加する。なんとしてもピエトロは一人前と認められなければならなかった。

ピエトロが今回造ろうとしているのは、複数の作品だった。釘、玄能《げんのう》、鑿《のみ》、鉋《かんな》の四つに挑戦するつもりだ。どれか一つでも合格をもぎ取れればそれで良い。

消費する鉄材や炭のことを考えると申し訳なかったが、それでも背に腹は代えられない。

ピエトロは黙々と作業に集中しようとした。だが、ダンテがすぐに横にやってくる。仕方なくピエトロは作業を中断せざるを得なかった。

「なあ、兄弟子よう。俺様ちょっとここが分かんねーんだけど……」

「ダンテは細かい造形のときに力を入れすぎるのが問題だって、親方も言ってたっすよ。造るのは玄能だけで良いんすね？」

「ああ。俺様は自分でも苦手だって分かってるからな、まずは刃のない玄能を極めてやる」

「最初は真四角を作って、そこから金槌を柔らかく使って形を整えていけば良いんじゃないかな」

「ああ、なるほどな。助かったぜ」

ダンテは玄能に決め打ちか。ピエトロはウキウキと去っていく背中を眺めた。

後からやってきた後輩たちも、今回の試験に関してはとても重要なチャンスになる。だが、もし自分が落ちてしまって、ダンテたちが合格すれば……。

後輩たちが一人前の職人になっているのに、自分ひとりが見習いのまま。

そんな状況を想像すれば、ゾッとしてしまう。

助言なんてしている余裕が自分にあるのか？

もっと自分の作品だけに専念したほうが良いのではないか……。

そんな身勝手なことまで考えて、ピエトロの背筋が粟立《あわだ》った。ブルッと身震いして、嫌な想像を振り払う。

だが、同時にできるだけ力になってあげたい、という気持ちも、ピエトロの中にたしかに存在していた。たった少しだけ早く弟子入りしただけとはいえ、エイジは惜しみなく沢山のことを教えてくれている。

その気持ちを、ピエトロも知らず知らずのうちに受け継いでいた。

自分を優先するべきか、それとも自分の弟弟子たちを優先してあげるべきか。

だが、その時間で製作を進めれば合格率が高くなる。

ピエトロの心は揺れ動いていた。

第二話　鍛冶師として生きるために

産院を建て替えるといっても、今すぐ資材も人も集まるわけではない。作業量が大きく変わるだろうし、
建て替えるのか、それとも新設するのかという問題もあった。作業量が大きく変わるだろうし、期間や資材、必要とする作業員の数など、準備も大きく変わる。

そういった話も含めて相談するため、エイジはフェルナンドの職場にやってきていた。

赤々とした夕陽がそろそろ仕事終わりの時間を告げていたが、エイジは心配せずに足を運ぶ。年中繁忙期であるフェルナンドたちは、基本的に帰宅が遅い。

この時間でもまず間違いなくいるはずだった。

作業場に着くと、木を切ったり、削ったりといった音が聞こえてくる。

製材所を兼ねているからか、木の匂いがプンと濃く漂っていた。何度嗅いでも、この香りは気持ちが落ち着くようで好ましい。アロマ的な効果があるのだろうか。

「こんばんはー」

開きっぱなしになった扉をくぐり、挨拶《あいさつ》をする。

すぐにフェルナンドが気付いた。手に鋸《のこぎり》を持っている。

どうやら木材を切っている最中だったらしい。

フェルナンドは作業が押しているのか鋸挽《のこぎりび》きを続けた。

「やあフェル、今時間はあるかな？」

「ああ。問題ないよ。産院の件だろう？　村長から聞いてる。なんか知恵はあるのか」

「いろいろ考えてる。まず場所についてだけど、今は村の北の外れにあるじゃないか」

「ああ。なんだ、別の場所に移動させるつもりか？」

ギコギコと鳴り響いていた鋸の音がピタリと止まった。

意外そうなフェルナンドの顔。

どうやら同じ場所に建て替える計画を立てていたらしい。

エイジは頷いた上で、どうやって説得できるか少しだけ考えた。

「今ある場所は、ちょっと不便だと思うんだ。私たちの家は村の南側だから、産院に着くだけでも大変だ。村の誰もが利用するような建物は、村長の家の近くにあったほうが利益が大きいと思うんだけど、どうかな？」

「まあそりゃそうだな。それにもう何十年と経ってるから、補修するにも限りがあるしな」

日本の寺社仏閣の木造建築と違い、西洋の木造建築はあまり長持ちしないと言われている。冬の湿った空気は木を腐らせやすいのだ。木材不足も大きな要因だが、西洋が石の文化として知られているのは、気候的に木材建築が適していなかった要素も強かった。

「だが薬師の婆さんが許すかな。うるさい人だから……」

「そうなんですか？　ボーナさんから聞いてた話と違う」

「ああ。かなり頑固な人だぞ。村の皆が世話になってるから、頭が上がらないってのもあるけど」

「そこはボーナさんからも説得をお願いしたら、上手くいかないです？」

「それしかないな。僕も話を聞かれたら説得する手伝いぐらいはするよ」

爽やかに笑って、フェルナンドが手を動かす。

ゴトン、と木材が切れ落ちた。断面がとても美しい。道具を見事に使いこなしている。

エイジはチラッと無意識に確認する。職業病のような習性だった。

「で、わざわざ話に来たぐらいだ。普通の家を建てます、ってわけじゃないんだろう？」

「お見通しですか」

「当たり前だろう。これまで何度不思議な依頼ばっかり受けてきたと思ってる。ほら、早く言ってみろよ」

「考えてたんですよ。この村の建て替えの頻度はかなり高いんじゃないかって」

「まあ、木が傷むからな」

シエナ村の建物は基本的にはすべて完全木造建築ばかりだ。

そしてこの島の風土は、どちらかといえば西洋に近い。

「だから私としては、一度基礎となる部分は石造りかレンガ造りで建てられたらなと思うんですよ」

「お前さん所の鍛冶場みたいにか。でも、あれは余計に仕事が大変になるぞ？」

自分の仕事量に関わってくるからか、フェルナンドの視線は厳しい。

だが、エイジも目的があって提案しているから、そこで引くことはなかった。妥協して良い点もあれば、妥協できない点もある。今は後者だ。

「建て替えばっかりしてたら、新しいものを建てる時間がなかなか取れません。一つ一つは多少時間をかけても、長い目で見ればお得じゃないでしょうか」

「それに材料はどうするんだよ。石切るのも大変だろう」

「水車小屋を利用して石工さんに切ってもらうようにしたら良いじゃないですか」

「あいつは自分の腕に誇りを持ってる。自動でやってくれる水車を利用するのは、プライドが許さないぞ」

「それで仕事が遅かったら、それこそ取って代わられますよ。その石工の人が一つ石を加工する間に、三つも四つも新しい石が用意されてたら、フェルナンドさんはどちらの人に仕事を頼みます？」

「……まあ、僕ならほどほどの出来でも早く用意してくれたほうが嬉しいのは確かだ」

フェルナンドが挙げる課題を、エイジが一つずつ潰していく。

最初は嫌そうにしていたフェルナンドも、それなりにちゃんと考えと見込みがあることに気付くと、身を乗り出して話を聞くようになった。

職人魂に火がついたのか、ふんふんと興味深そうに相槌《あいづち》を打っている。

「で、産院はできれば少しでも清潔な環境を保てるようにしたいんです」

「具体的には？　図面は描けるか？」

フェルナンドが木版を用意する。エイジも設計図は鍛冶仕事で描き慣れているから、木炭を用いて図を描いていく。おおよそ必要であろう施設や部屋を列挙し、平面図、側面図をざあっと荒く描いていく。

おそらくはフェルナンドが鉋《かんな》がけしている木版は非常に描きやすく、木炭を削るナイフもエイジお手製のものだったこともあり、想像以上に微細な図面が出来上がった。

「屋根は石屋根かレンガ、瓦《かわら》屋根を希望します」

「うへえ……。いったい幾らかかるんだか」

「あと、排水がとても大切です。周囲の溝を掘って、少しずつ傾斜をつければ雨水とかが溜まらずにきれいな状態を保つことができます」

「もうそれで終わりか？」

フェルナンドがこれ以上仕事を増やすなよ、といった目で見てくるが、エイジの口は止まらない。

シエナ村の木造建築は産院としてはかなり問題点が多いのだ。もともと標高の高いところにあるため、冬は雪に閉ざされる。

非常に寒い環境だと言うのに、断熱性は非常に低い。他の家庭では家畜の発する熱を利用して暖を取るが、清潔が命である産院ではそんなことはできない。

壁や床、天井といった建造物を少しでも豪華にして、寒さに備えることが必要だ。

これまでの家では導入してこなかった二重扉だとか、壁の中に藁《わら》を敷き詰めるだとか、そんなエイジが考えつく限りの技術を伝えると、フェルナンドが不思議そうな顔を浮かべる。

彼らにとって子どもとは運が良ければ健康に育ち、そうでなければ死んでしまう存在だ。

自分たちの技術や知識でどうこうできるもの、という考え自体がなかった。

前提知識の違いは、人の想像力に大きな差を生んでしまう。

そこまでするのか、とフェルナンドが驚くのも仕方がなかった。

「そんなに気にするものか？」

「実感は湧かないかもしれませんが、多くの母親や生まれてくる子どもを守るためです。私は今回、できるだけタニアさんのサポートをしたいですからね。本気でやってますよ」

キリリ、と言い切ったエイジに、フェルナンドが感心したようだった。

エイジには今回強い覚悟がある。かかっているのが妻と子どもの命なのだ。

ここで引くことはできない。

フェルナンドが苦笑いを一瞬浮かべた後、仕方ねえな、と呟《つぶや》いた。

「仕事が増える分は、別のところでカバーしてくれよ。君の提案に乗った」

「ありがとうございます！」

思わず大きな声が出た。ぐっと手を握りしめ、勢いよく頭を下げる。今回の準備で一番迷惑をかけるのがフェルナンドだろう。

そう考えると、ここでなんとしても説得する必要があった。良かった、とエイジは胸をなでおろす。

「人の手配は村長と一緒にやるから、君は道具の準備をしておいてくれ。手の空いてる村人総出で取り掛かることになるだろう。大変だぞ？」

「大工道具についてはもう取り組んでますよ」

弟子たちの試験が、そのまま資材の提供に結びつく段取りだ。それだけに弟子たちには十分な技量を持って合格して欲しい。

「おおっ、仕事が速いな。分かった、こっちも急ぐよ」

背の低い、だがとても頼りがいのあるシエナ村の大工は、そういってニコッと笑ったのだった。

フェルナンドと話を終えた頃には、辺りはすっかりと暗くなっていた。初夏の暑さも日が落ちればぐっと気温が下がり、軽く一枚羽織らないと寒く感じるぐらいだ。

日本にいた頃には考えられないほどの無数の星々に照らされながら、エイジは夜道を歩いて家を目指す。蛙《かえる》の鳴き声や虫の声、どこかの野鳥の声などが鳴り響いて、夜だというのに騒々しい。故郷である和歌山の自宅を思い返した。いや、日本の夏はもっと暑かったな。

整備というほどの整備がされていない道を歩けば、我が家にたどり着いた。

「ただいまー。あ、タニアさんもう体調は戻ったの？」

「おかえりなさい。はい、今は元気いっぱいですよ」

「そっか。それは良かった」

薄暗い玄関を通れば、すぐにタニアが出迎えてくれた。動いて大丈夫なのかと心配になるが、じっと見てみれば顔色も戻っていそうだ。

あまりにも近距離でじっと見つめていたからか、タニアが恥ずかしそうに目を逸《そ》らした。

「もう……どうしたんですか、そんなに見つめて」

「うーん、綺麗だ」

そのままじっと見つめているのが堪《たま》らなくなって、思わずエイジが抱き寄せた。

きゃっと小さな悲鳴を上げるが、タニアはそのまま流される。

ボスッと小さな肩が、ほっそりとした体が、自分の腕の中に収まる。

ゆっくりと顔を近づけて、キスをした。たっぷりと時間をかけて、舌を絡ませる。

お互いの息が苦しくなって、もう続けられないといった状態になって、はじめて顔を離した。

「突然すぎますよ、エイジさん」

「元気そうで安心したから、愛《いと》おしさが溢《あふ》れだしてしまった」

「理由になってませんよ」

息を弾ませながら、照れくさそうにタニアが叱った。

出会って結婚して、そうして月日はずいぶんと経ったが、未《いま》だにどこか初々《ういうい》しさの残る反応を見せてくれる。

そんな態度が嬉しくてエイジはまた手を伸ばそうとしかけて、それを自重した。

そうだった。いまは妊娠中だ。

押し寄せる男の本能をぐっと押さえつける。なかなかにつらい感覚だった。

世の妊娠中の妻を持つ男性は、どうやってこの衝動を発散させているのだろう。

「せつなそうな顔をしてますよ」

「そ、そんなことありませんよ」

「はいはい。そういうことにしておきますね。でもどうしても我慢できそうになかったら、言ってくださいね」

タニアが笑う。

今度の表情はどこか淫靡《いんび》な女の顔で、ちょっとしたことでコロコロと印象の変わるタニアに、エイジはいつも翻弄されてしまうのだ。胸がドキドキと痛い。

かと思えば、すぐにそんな表情も引っ込んでしまう。

「お仕事はどうでしたか、久々の復帰ですよね？」

「しばらくは忙しいですよ。今度ピエトロたちに職人としてふさわしいか、テストをしようと思ってます」

「あら、テストなしで認めるものなんじゃないですか？」

「鍛冶で職人として認めるなら、もっともっと長い年月が必要になります。でも、実際は一部の技術に関してだけ言えば、職人レベルに達している部分もあるんです。だからそういうところは、一人前として認めてあげたほうがいいかなと」

「へー。すごく優しく考えてるんですね。そうやって段階的に認められるって分かったら、お弟子さんたちも見通しが立って良いかもしれません」

いつ一人前の職人として認められるか分からなければ、熱意も徐々に冷めていってしまう。次のステップが明確に見えていたら、新しい技術習得にも高いモチベーションを保てる。

そんな効果も期待していた。

だが、そんな狙いについて、エイジはタニアに一切相談したことはない。それをサラッと読み取ってしまうのだから、やはりタニアは聡明な女性だ。

「でも良かったです。ピエトロ君はそろそろ結婚するでしょうし」

「えっ、そうなんですか？　本人からは何も聞いてないけど……」

「言い出す機会を窺《うかが》ってるんじゃないでしょうか」

「それはめでたいなあ。ピエトロは一番初めに弟子になってくれた子だから。できるだけ協力してあげたいな」

「試験のほうも手助けしてあげるんですか？」

「いや、それはしない。自分の力だけで成長してもらうつもり」

「あらあら、ピエトロ君は大変ね」

どことなく呆《あき》れたような表情を浮かべるタニアに、エイジは軽く抱きしめながら肯定した。

ピエトロにはなんとしても合格して欲しい。その気持ちは本物だ。

だが、同時に職人としての誇りは、評価に手心を加えることを許さない。

腕のない職人など、世間から認められれば認められるほど、後々自分の評価との解離で苦しんでしまう。

一見それがどれほど残酷に思えても、実力だけで評価することが、職人にとってもっとも安全で、結局は優しいことなのだ。

「私もピエトロ君に負けてられないなあ。頑張らないと」

「え、タニアさんが何を頑張るつもりです？」

「畑仕事とか、かな？」

「ちょっとタニアさん、今はそんなに無理しないでくださいよ。お腹の中に赤ちゃんがいるんですから。万が一があったらどうするんですか」

「大丈夫ですよ。私の周りだって、みんな妊娠しながらお仕事してますよ」

エイジが止めようとするが、タニアの方はあまり気にした様子もない。

出産前の労働が負担になることなど、信じてすらいないようだった。

それだけ医学が発達していないということであり、また周囲がそれでも無事に産んでいるケースを見ていれば、わざわざ休もうとはしないものだ。もちろん、妊娠しながら働いていた女性はこれまでの歴史で山というほどいただろう。

だが、あえて負担をかける必要はあるのだろうか。

「だけど、それで流れたケースだって結構あったはずです」

「出産はそんなものなんじゃないですか？」

「違います。もちろん避けられないようなこともあるかもしれません。でも適切に出産に臨めば、できる限り安全に子どもを産めるんです。母親だって体に負担が少なければ、死ぬことだって減らせるはずです」

今そのために出産環境を整えようとしていることを伝えると、タニアは渋々とながらも、エイジの提案に頷いた。

そして、やがてぽおっと上気した表情を見せる。

「エイジさんがそこまで必死に産院を建て直したりするのは、私のため、なんですよね」

「そうですよ。もうタニアさん抜きで生活するなんて、考えられませんから」

「ありがとうございます……」

感動にだろうか。潤んだ瞳で見つめられた。唇にキスを落とす。触れ合うだけ。

だけど、たっぷりと時間をかけて。

優しい力でお互いに抱擁しあった。

エイジは話を切り替えようと笑う。そして毎日抱いているタニアの体つきが、微妙に変化していることに気付いた。

「あれ、タニアさんちょっと体型変わったかな？　妊娠の影響だろうけど」

「そ、そうですか？」

「うん、これからはお腹が大きくなるだろうし、新しい服を作らないといけませんね」

「またエイジさんの着せ替えショーが始まるのかしら？」

「もちろん。可愛らしい服装をちゃんと考えますから」

「……もう。布地が無駄になるから、あんまりたくさん作っちゃいけませんよ？」

「できるだけ前向きに考えます」

「その顔は全然考える気ないじゃないですかっ。あんまりひどかったら口を利いてあげませんよ」

「それは困りますね……。仕方がないので、ギリギリを攻めます」

ぽかぽかと優しい力で胸を叩かれて、エイジが笑った。

幸せだった。タニアさえいれば、何も怖くない。

ここに新たに我が子が加われば、どれほど幸福な日が続くのだろうか。

そんな日が一日も早く来ることを願った。悪い未来がやってくるとは、ひとかけらも思わなかった。

◇◇◇

おいおい、どういうことだ、これは。

エイジは鍛冶場に入ってきて、言葉を失った。

普段は和気あいあいとした空気が流れ、楽しそうに仕事の準備をしているはずが、今日はピリピリと空気が張り詰めていた。

中でも険悪そうなのが、ピエトロとダンテの二人だ。

「フン……好きにすれば良いっすよ」

「ああ、そうさせてもらうさ。けっ、胸糞悪い」

この二人がなぜ。

最初こそ険悪な関係性だったが、一度お互いを認めあってからは、とてもいい仲だったはずだ。

今はお互いに目を合わせようとすらしない。目線が交われば不快そうに顔をそらす有様だった。

エイジは目を見開いて驚くばかりだ。あまりにも予想外な光景が広がっている。

「一体何が起こったんだ？」

「なんでもないっすよ。気にせず進めてくださいっす」

「ああ、そうだな。俺様はなんにも気にしちゃいねえから」

「そんな感じには見えないけどな……」

エイジがそれとなく説明を求めても、二人は黙り込むばかりだ。

これはダメだな。口を開こうとする気配がない。

ふうっと溜め息が漏れてしまう。

いけない。

上に立つ人間がこんな態度を見せたら、ますますやる気が失われてしまうだろう。

エイジは周りに目を向ける。

カタリーナはどことなく怯えた目をしていて、レオは呆《あき》れているのか、目線が合うと肩をすくめてみせた。詳しい話を聞ける状況ではなさそうだ。

「……まあいい。人間なんだから反りが合わない時もあれば、意見が衝突することもあるだろう。無理やり仲良くしろって言っても、できないだろうし」

「さすが。俺様のことをよく分かってるぜ」

「ただ、仲裁が必要な事態にならないように気をつけてな。暴力は絶対に禁止。なにかあればすぐに教えて。あとは仕事に対しては真面目にやること」

「親方に手間はかけさせないっす。そもそも俺は全然気にしてないっすからね」

「俺様もぜんっぜん気にしてないぜ」

「………………」

鍛冶場に満ちた沈黙は、誰のものだっただろうか。まったくもって困ったことだ。

この二人はしばらくは要観察だな。

イライラしていると、自然と作品にも荒々しさが出てしまう。

仲直りしろと強制しても得策ではないだろう。

表向きに協調するだけで、裏では仲違《なかたが》いが継続していたら、余計に発見が遅れてしまうだけだ。

それとなく観察を続けておかないと。

完全な仲違いを起こす前に、できればどこかで仲裁したい。

エイジはひとまずは問題を棚上げして、仕事を開始させた。

やることが山積みなのだ。

どれだけ問題があったとしても、手を止めることは出来ない。


多人数で作業をするとなれば、同じ道具でも数を揃える必要がある。

とはいえ、造り手側からすれば、同じ道具を同時に造るというのは、それなりに勝手が良い。同じ工程を繰り返すから、作業速度が上がるし、廃棄も少なくすむ。

問題は道具鍛冶であれば、まったく同じ寸法を求められることだ。規格が統一された現代の鋼材ならばともかく、この時代はそもそも製鉄技術自体が未熟だ。

だから、自分の感覚でできる限り材質の調整を行わなくてはならない。

エイジは鍛冶場に積み上げられた鉄材から、目的の物を選り分けていた。

その目は真剣で、極度に集中している。

「んー、これと、これ。あとはこれかな……？」

「エイジ親方は、どうやってひと目で鉄を見極めてるんですか？」

「重量と色合いと、叩いたときの音とか手応えかな」

「はー、スゴイですねえ……」

「感心してるけど、カタリーナも同じことを出来てもらうようになるんだよ」

「うっ、ちょっと自信ありません……」

引きつった笑みを浮かべるカタリーナに、エイジは苦笑する。

自分だって簡単にできるようになったわけではないのだ。

いきなりやれと言われて竦《すく》んでしまっても仕方がない。

エイジはできる限りの知識を用いて、近代的な質の良い製鉄所を作ったが、それにも限界がある。

所詮は素人による作であり、経験も足りていない。

同じように鋼材を作っても、その質は一定ではない。

また大きさや重量も微妙に変わってくる。

だから叩いたときの感触や色合いなどから鋼の質を見極めて、できるだけ同じものを使用する。

これもまた優れた職人の目利きだ。

近頃はエイジも目が肥えてきたとはいえ、その技術はそれほど高くない。

現代鍛冶の申し子は、青紙《あおかみ》、白紙《しろかみ》といった統一製品を使用して鍛冶を行う。

そのため、目を養う機会があまりなかった。

家祖伝来のたたら吹きで鋼を作っている鍛冶師もいるのだが、エイジたちの家はたまたまそうではなかった。確実にたたらの鉄が手に入るのは刀鍛冶ぐらいのものだろう。

その刀鍛冶でさえ、製鉄技術は一度途絶えてしまったため、明治以前のかつての玉鋼《たまはがね》は手に入らないと言われている。明治維新からの技術革新によって、近代製鉄が導入。その結果、歩留まりの悪くなったかつての製鉄所はどんどんと閉鎖してしまったのだ。

現在のたたら製鉄は、奥義《おうぎ》を知る人物が死去した後、下働きだった人物が中心になって再興され、多くの技術が失伝された。

「製作に入る前に、ちょっと休憩しようか。カタリーナ、こっちに来て」

「はい、分かりました」

「あれから調子はどう？」

エイジが何気ない風を装って尋ねると、カタリーナが肩を震わせた。

俯《うつむ》いてしまったために表情は窺えないが、問題があることはその仕草だけでも理解できた。

「あ、その……」

「話せないなら良いんだ。ただ、ちょっとダンテたちとの接し方に違和感を抱いたから」

「そうですか……。じつは、あれからなんだか男の人と接するのが怖く感じる時があるんです」

「そうか。それはツラいな」

「ずっとじゃないんですけど、ふとした動きや仕草を見た時、自分でも理解できない恐怖がぐわって膨らんで……。あの人たちがそんなひどいことをするわけがないって、分かってるんですけど」

「別にカタリーナが悪いわけじゃない。目の前であんな喧嘩《けんか》をしてたら、誰だって避けようとするよ」

「あっ……ありがとうございます……」

トラウマになってしまっているのだろう。

エイジも夢に見ることがある。

あのまま止めに入る者がおらず、自分の手が潰されてしまう夢だ。

あまりに恐ろしく、毎回その瞬間に目が覚めて、全身がびっしょりと汗に濡《ぬ》れている。

自分がそんな状態なだけに、カタリーナの不調は共感できた。

こんなときに大切なのは、おそらくは大げさな反応をしないことだろう。

治らないかもしれない、という恐れ自体が、回復を妨げてしまうはずだ。

なんでもないことのように、笑うのだ。

エイジは自然とは言い難いが、意識して唇を吊り上げて、笑みを作った。

「私は大丈夫なのかい？」

「は、はい。エイジさんはあのときも一番に守ってくれたからでしょうか。こうしていても、まったく震えとかが出なくて、安心できます……」

「そうか。ちょっと……特別みたいで照れるな」

「エイジさん……」

照れくさいのは本当だった。

自然とはにかんでしまう。そんな表情を見たカタリーナも、顔をぽっと赤らめて、言葉に詰まってしまう。

奇妙な沈黙が続いて、いたたまれない。なんだ、なんなのだ、この空気は。

途端に変化した甘酸っぱい空気に包まれて、エイジは困惑しながらも、言うべきことを伝える。

「私に力の及ぶ限り、君を守るよ」

「あっ……」

手を握った。手の甲は女性らしい柔らかさに満ちているのに、手のひらは少し固くなっている。以前は染色のし過ぎで色が抜けきらないと悲しんでいたほっそりとした指が、少しずつ色が抜けて綺麗になっている。

その分金槌を振り続けることで、手のひらの皮が厚みを増していた。職人の、がんばり屋の手だ。

こんな手の持ち主は、きっと守らないといけない。

「頼りない男の言葉だから、どれだけ信じられるかわからないけどね」

「そ、そんなことありません！　エイジさんはとても素敵な方です！」

「ありがとう。そういうことにしておこう」

「本当です！」

必死に訴えかけてくるカタリーナの言葉に、エイジは首を横に振った。

自分が不甲斐《ふがい》ないのは、誰よりも自分自身が一番知っている。

最初からもっと上手く立ち回れば、そもそもナツィオーニに村周りなど依頼されることもなかっただろう。

上手に断ることもできたはずだ。

それができなかったのは、自分が甘かったから。

もっと強く、賢く、上手に動けるようにならないといけない。

以前よりは交渉事にも慣れてきたが、それでも望みはもっと高いところにある。

「この村にいる限りは、私の手の届く範囲内では、きっと守るから」

「エイジさん……」

失敗しただろうか。カタリーナは途中で急に顔を俯かせて、じっと黙り込んでしまった。

頼りない男がいくら守ると言っても、大した効果はなかったかもしれない。

あるいは反感を覚えたか。

肝心なところで危険に晒《さら》した男の発言だからなあ。

そんなことを考えたとき、カタリーナが突如抱きついてきた。

「うっぷ……」

「エイジさん、私……わたし！」

見上げてくる顔が近い。頬が真っ赤に染まって、目が輝くように潤んでいる。

「お願いします。私は大丈夫なんだって……信じさせてください」

カタリーナの強い力で頭を抱えられた。

このままだと、カタリーナとキスしてしまう。

……ダメだ。タニアさんが悲しんでしまう。

そんな感情が湧き上がった、まさにその時。

「おやかたー、どこっすかー」

バッとお互いが突き飛ばすような勢いで離れた。

聞き慣れた声は、ピエトロのものだ。

胸がドキドキとしていて、落ち着かない。

自然と視線が合ってしまう。きっとお互いの顔が真っ赤になっているだろう。

「あ、ああ、こっちだ！」

「ああ、親方、スミマセンっすけど、ちょっと良いっすか？」

「うん。少し待って。カタリーナ」

「悪いけどこの分けておいたの、持っていってもらえるかな」

「は、はい」

「わ、わかりました！」

バタバタと足音を立ててカタリーナが倉庫を走り去っていく。

気持ちを落ち着ける余裕もなかったのか、慌てていますと言わんばかりの行動だった。

思わず頭を抱えたくなった。ピエトロが不思議そうな顔で見つめてくる。

「何かあったんすか？」

「あったというか、何もなかったんだけど……」

くしゃくしゃと髪の毛を掻《か》きながら、エイジはごまかすように苦笑いした。

これで良かったとホッとしている気持ちが強い。

危なかった。ただ、フォローは必要だろう。

カタリーナは追い詰められているみたいだ。

以前から好意は寄せられていたが、これほどに衝動的な行為に出ることはなかった。

きっと、本当に気持ちに余裕がないのだ。

「それで、どうしたんだ？」

ただ、今の問題はピエトロだ。

おおよその話の内容に予想はつきながらも、エイジはそう尋ねた。

ああ、これはかなり滅入っているな。

ピエトロの表情を見ていれば分かる。

普段は成長期の体にたっぷりと蓄えられた、爆発するような活気が、今はしぼんでいる。

とくに目が良くない。

ピエトロの好奇心旺盛でキラキラと輝いている瞳が、いまはどんよりと曇っていた。

「じつは、相談したいことがあるんす」

「想像はつくけど、聞いておこうか。何に悩んでいるんだ」

これはちょっと長丁場になるかもしれない。

そう思って、エイジはその場に座った。

鉄の臭いが一杯の倉庫は少しひんやりとしている。

ピエトロがエイジに合わせてその場に座ると、ポツポツと口を開き始めた。

「俺、今度の試験に合格して職人になれたら、結婚するんすよ」

「そうみたいだな」

「えっ、知ってたんすか?」

本人はいつ打ち明けようか迷っていたのだろうか。

とても意外そうな顔だった。驚いてあげた方が良かっただろうか。

「ああ。とはいえ、ピエトロの口から聞いておきたくてな、黙ってた。おめでとう……はまだ早いか。合格したわけじゃないしな」

「そうっすね……」

「おいおい、元気がないな。そんなに不安なのか？」

「そりゃそうっすよ。俺の腕が未熟なのは、誰よりも俺自身がよく分かってるっす。その上ダンテたちの面倒まで見てたら、自分のを造る時間もまともに確保できないっす」

ピエトロがガシガシと頭を掻く。

ずいぶんと自分で自分を追い込んでしまっている。

今回はピエトロには、少し荷が重かったのかもしれない。

なんと言ってもまだ年齢も若いのだ。大人でも人をまとめるのに苦手意識を持っている人は多い。

これまで任せればしっかりと応えてきただけに、ケアが必要かもしれないな。

「ピエトロは合格できるかどうかが不安みたいだけど、可能性がなければ、最初からテストなんて実施してない。充分可能性はあると思っていて良い」

「そうなんすか？」

「ああ。とはいえ手を抜いたりした作品は容赦なく落とすけどさ」

「やっぱり怖いっすよ……」

「その上で、ピエトロには指導を優先してほしい」

「えっ……」

相談した相手に、無茶振りをしているのは分かっている。

ピエトロがまさか、といった表情を浮かべて、エイジを見つめる。

裏切られたとでも言わんばかりの表情だ。

「無理難題に思えるかもしれないけど、これはこれから先のピエトロにずっとついてまわるものなんだ。その時も自分の利と、相手の利を天秤にかけていたら、成長できなくなるよ」

「でも、それが原因で落ちたらと思うとやってられないっすよ」

「教えられるってことは、その箇所は自分がその技術に達しているってことだ。問題なのは、教えるのが難しい場合だ。そのときは、自分はその技術が未熟だって証拠《しょうこ》だ。その点については、私に訊《き》いたら良い。結局利は自分にも返ってくる」

「な、なるほどっす！」

技術は主観的な要素が多く、充分に学べているかどうかを確認することは難しい。

だが、人に分かりやすく説明できるかどうかは、理解度を量るのに重要な役割を果たしてくれる。

自分の中で折り合いがついたのだろう、ピエトロの表情に明るさが戻ってきた。

やはりピエトロはこうでなくてはいけない。

「ありがとうございます！」

「うん、まあ大変だと思う。プレッシャーも大きいだろうけど、がんばれ。私も時間が許す範囲では、指導に協力しよう。まあ直接教えるのはルール違反だから、間接的にね」

「お願いします！」

先程までの不安を吹き飛ばすような、元気な声だった。

よしよし。良かった。


そんな流れもあって、エイジは鍛冶場で一つ指導を行うことになった。

造るのは鉋《かんな》だ。

大工道具において、鑿《のみ》と鉋の地位は高い。

覚えたての職人には触れることのできない道具とされてきた。

とくに鉋は現代日本では電動鉋の普及によって職人の数こそ減ってしまったが、いまだに専門の職人が生き残っているような道具だ。

鉋の形状はとても分かりやすく、一見いかにも作りやすい。知らない人も少ない道具だろう。

見た目が分かりやすいということは、真似しやすいということだ。

だが、鉋《かんな》がけをしてみると、道具の良し悪しが瞬時にわかってしまう。刃の付け方、金属の硬度、形状のすべてが均一で高い精度を保っていないと、美しい削り節がとれない。

単純にして、誤魔化《ごまか》しの利かない道具でもあった。

エイジは鍛冶場の椅子に座って、鉄床の前で構える。

全員の注意が集まっているのを確認して、話し始めた。

「今日は試験に向けてちょっとした取り組み方のアドバイスをしようと思う。どうやらみんな不安みたいだからね」

バツが悪そうな顔を浮かべるピエトロたちを前に、エイジはちょっとだけ苦笑を浮かべる。

試験はやっぱり嫌だよね。

どうしても緊張してしまったり、落ちたらどうしようと不安になってしまう。

でも、どこかで目安は欲しいって気持ちもあるし、匙《さじ》加減が難しい。

テスト自体は必要な行為だと、エイジは思っている。

なによりも職人になれば、毎回使用者からは無言でテストされるのだ。

試験に合格しなければ、そっぽを向かれ客足は離れてしまう。

「君たちが悩んでいるのは、実際に自分で造る側にまわったら、どう造れば良いのか分からなくなったってことかな？」

「そうっす」

「ああ。見てはいるんだが、実際に造ろうとすると、上手く行かねえんだ」

「よくある問題だね」

「エイジ親方もそんな体験をしたことがあるんですか？」

「もちろんだよ。誰だって通る道は同じだ」

自分自身も一度は通った道だ。

頭ではこうしたいとイメージがあっても、具体的な道筋が分からない。

とりあえず思ったままに造ってはみるけれど、出来上がったものはなんだか想像と違う。

そんなことを繰り返して、イメージと実物のすり合わせを行って、理想に近づけていくのが一般的なやり方だ。

エイジの場合は業務時間外にも、本という知識を得る手段があった。

特にエイジは金属工学も専門で学んできただけに、造詣が深い。

温度によって鉄がどのように性質を変えるのか、理解していることは製作に大いに役立った。きっと上達速度にも影響があっただろう。

そういった手段を持たないピエトロたちは、上達に対してハンデを負った状態だ。

なかにはそんなハンデなど苦にもせずに、驚くほどの傑作を世に残す天才も世の中にはいるが、それは職業人口が増えた上澄みの中の上澄み、ごく一部の話である。

今のところ、ピエトロにも、ダンテにも、カタリーナにも、そしてレオにも、そんな才能の片鱗《へんりん》は窺えない。まあ、あったらあったで嫉妬してしまって大変だけれど。

「親方は小鎚でどこを叩くべきか、どんな叩き方をするべきか、指示を出す。弟子は大鎚で、指示されたところを的確に叩く。君たちは、なぜそこを叩いているのか、考えたことはある？」

「言われてみたらないですね。どうにも指示をこなすだけで精一杯です」

「難しいっすね……」

カタリーナやピエトロが否定する。まあそうだろう。

相槌を打つ、という言葉は鍛冶からきているが、熱した鉄を打つときはもたもたしていられない。親方が指示を出したらリズムよく、素早く体を動かし続ける必要がある。

特に、小物であれば大鎚は一人で担当するが、大物を造るときには小鎚一人に対して大鎚が二人になる。ますますタイミングを合わせる重要性が高まってしまうのだ。

一々親方の指示の意図を汲んでいたら、作業が遅れてしまう。

「難しいのは分かるよ。けどなにも考えずに指示通りに叩いてるだけだと、成長はわずかなんだ。工程ごとに、形状ごとにちゃんと理由があってそこを叩いてもらってる。自分で作るときにどうしたら良いか浮かんでこないのは、私がどう指示してるのか、理解どころか充分な記憶もできてないってことだね」

うっ、と言葉に詰まるのが分かる。そんなことできるか、とか考えてるんだろうか。

たしかに無理無茶を言っている自覚はあった。

炭切り三年、向こう鎚五年、沸かし一生。

技術を習得する目安としての言葉がある。

ピエトロたちは全員、まだ習いはじめて数年。本当だったら向こう鎚にようやく触れさせたところ、というあたりだ。

だが、それだとあまりにも時間が足りない。

人生一〇〇年時代と呼ばれる現代日本と、この世界ではあまりにも寿命が違う。

体を動かして、頭を使っていけば、もっと短縮できるはずだ。

体だけで覚えようとすると、余計な時間がかかりすぎる。

「よし、じゃあ一度皆でその点を意識しながらやってみようか」

「分かったぜ。こんなやり方があるならもっと早く教えてくれたら良かったのによ」

「ふふふ、どれだけ成長できるか楽しみだね」

文句を言うダンテの態度にも腹は立たない。

頭を使って仕事をするというのは、簡単な話ではない。

いったいどんな姿を見せてくれるだろうか。エイジは楽しみにしながら、指示を出す。

「ほら、もっと考えて！」

「考えすぎて手が遅くなってるよ。リズムはそのまま！」

「力が抜けてる！　頭は使っても手はいつもどおり動かす！」

エイジの叱責《しっせき》が次々に飛んでいく。ピエトロたちは指示を守ることに必死だ。全身から湯気が上りそうなほどに汗を噴き出しながら、必死に食らいついていく。

赤々と燃えたぎる鉄を、エイジが小鎚で叩いて指示を出す。

大鎚はその点を丁寧になぞるが、いつもよりも力も精度も今ひとつだ。

エイジはそれも許さない。

仕事の上で、指導をしている。

彼らは生徒ではなく弟子だ。

優先するべきは目の前の仕事で、あくまでも自身の成長はその余録でしかない。少なくともこの時間は。

「すいません、下がります！」

「次カタリーナ！」

「はい！　お願いします！」

金属音の鳴り響く鍛冶場は声がまともに通らない。

ピエトロが叫ぶように限界を告げると、エイジは次に入る弟子を指定する。

いつもよりもはるかに早く交代のタイミングがきた。

フラフラとしながらピエトロが下がる。

げっそりとした様子で、言葉もなく、顔を俯かせる。肩で息をして、目が死んでいた。

空いた枠をカタリーナが慌てて入って埋める。

向こう鎚という仕事は簡単なものではない。

数キロもの鉄の塊を、一日に何百何千と振り下ろすだけでも、相当な負担だ。

さらに指示された場所に正確に素早く振り下ろす必要がある。

その上で今回のエイジの指導は、なぜそこを叩くのか、師の意図を汲み取れというものだ。

頭と体を同時に働かせすぎて、精神的な疲労で動けなくなるのだ。

少しでも疲労を軽減させるために、エイジは造り慣れた鉋《かんな》を選んだが、それでも想像以上の負担だったのだろう。

ようやく作業が一段落したときには、死屍累々《ししるいるい》といった様子だ。

誰もが疲労困憊《こんぱい》し、ぐったりと言葉もなく項垂《うなだ》れている。

そんな状態にも関わらず、一人続けて鍛冶を行っていたエイジにまだ余裕があるのだから、体力的、技術的にエイジと弟子たちとの間には、大きな差があるのが一目瞭然だった。

自身も親方として活動してきたレオは、唯一頭を使って仕事をする耐性ができている。比較的余裕を保った状態で、エイジに問いかけた。

「親方はいつもこんなことを考えながら、仕事してるんですかい？」

「ずっとではないよ。ただ要所要所では、鉄の声を聞きながら、調整してる」

「鉄の声、ですか？」

「比喩表現みたいなものさ」

エイジは苦笑した。

耳で聞こえる鉄の音の差、手で叩く跳ね返りの差、焦げる鉄臭さ、肌で感じる熱さ——。そういった諸々の感覚を総動員して、イメージしている作業と差異があれば、すぐさま修正する。その繰り返しだ。

しかしそれは、レオたちのように能動的に頭を使って分析しているわけではない。積み重ねた膨大な経験から、汲み取っているに過ぎない。

脳への負担として考えるなら、大きな差があるだろう。

「親方はじゃあ考えてない？」

「失礼な奴だな。そんなわけはないだろう。ちゃんと考えて造ってるよ」

「じゃあ親方はどういう所で頭を使ってるんですか？」

エイジが頭を使うのは、むしろ作る前の計画づくりと、できたあとの分析、反省の方だ。

手作業で行うだけに、膨れ、反り、などと呼ばれる欠品が出てくることも多い。

それらの商品は、今であれば実用に足りるからと使われているが、本来は表に出ない作品である。

その率を少しでも下げ、名作を増やすためにも、エイジは自作品の分析を欠かせないのだ。

そんな話をすると、ダンテがげっそりとした表情で見つめてきた。

その目は本当にそんな事ができるようになるのか、と訴えかけてきているように思える。

「私も昔、父の働いている姿を見て、似たようなことを感じたよ」

エイジは苦笑を浮かべるしかない。誰もが通る道なのだろう。

そしてやがて、彼らも同じ様なことを聞かれるに違いない。

そして苦笑するのだ。連綿と受け継がれる試行錯誤。

「さあ、休憩は終わり。仕事が終わってから練習するんだろう？　ヘバってて間に合うのかい？」

「し、しまったっす！」

「へっ、そんな時間はねえな。第一俺様はヘバッちゃいねえからな！　ちょっと考え事をしてただけよ！」

バタバタと駆け回る姿を見て、エイジはこれならば大丈夫だと、胸をなでおろした。

◇◇◇

産院を建てるための、現地調査に来ていた。

建てるにしろ、どこに建てるのか。どのように建てるのか。

大型重機で土地を均すことはできないから、場所選びが重要になってくる。

日当たりが良いこと、風通しがよく湿気がたまらないこと、雨が降っても水はけが良いこと。

これらの条件と、周囲の木々の生え具合、周りの建物との距離など、複数の条件を勘案して、一番よい所に建てることが重要になる。

フェルナンドが連れてきたのは、村長ボーナの家から少しばかり西に移動した、わずかに小高くなった場所だった。

芝や雑草が生い茂り、木々は生えていない。試掘を終えているのか、土が見えていた。

辺りを見渡せば、ボーナの家も視界に入る。

日当たりは良く、吹き付ける風が気持ちいい。

「場所はここで良いか？」

「そのあたりの判断はフェルナンドさんに任せますよ」

「お前さんの意向を大切にしてるんだぞ？」

「私は専門家じゃないですからね。こちらの目的を叶えてくれるなら、それで結構です」

「なるほどな。じゃあ俺がお薦めするのはこのあたりの土地だ」

自信に満ちた答えを聞いて、フェルナンドに任せようと思った。

エイジも普段からお世話になっているから分かるが、フェルナンドの腕は確かだ。

条件だけ伝えて、後は任せるのが良い。よほどのことがない限りは、間違いないだろう。

「建て方にも要求はあるみたいだったな」

「そうですね。産院ですから、いくつか建物に求める性能が変わってきます」

「それはどういうところなんだ？」

「暑さ寒さに強くて、一定の保温効果が欲しいですね」

「それはそうだろうな。基本的にして、それが難しいんだが」

現代建築でも費用対効果の関係で軽んじられていることの多い部分だ。

単身者向けのワンルームなどは断熱材が十分に用いられないため、冬は凍りつくほどに寒くなる。夏は茹《ゆ》だるように暑くなり、結局光熱費が高くなってしまう。

　それを青銅器を使っていたような時代に備えようというのだから、かなりの工夫が必要になるだろう。

「あとは虫とかが入りづらいようにしたいですね」

「隙間を極力減らすことで対処しようか。幸い家畜が入ることもないだろうし、対応は可能だ」

「あとは清潔にしたいので、水道を引いてきましょう」

「おいおい、めちゃくちゃ大仕事になりそうだな」

　エイジの提案に顔を引きつらせた。ダメだろうか。

　シエナ村は井戸水も使うが、川は上水のためそのまま引くこともできる。

　川から水を引くのは一大事業になるだろう。

　おそらくはフェルナンドたちだけでなく村人の協力が必要になるはずだ。

「あとは排水です。汚れた水を流したりします。泥が溜まったりすると大変ですから、排水周りは石造りにしましょう。あと、トイレも少し離れたところに建てましょう」

「あー……ちょっといいか？」

　エイジが次々と提案する内容に、フェルナンドが頭を押さえ始めた。

　眉間にシワがよって、頭が痛そうな表情を浮かべる。

いったいどうしたというのだろうか。

エイジには心当たりはあったが、まるで分からないふりをした。

「はい、なんでしょうか？　まるで多量の厄介ごとに出くわしたような顔をしていますが」

「お前のせいだよ！　お前さん、どれだけ大変な要求をしているか分かってるか？」

「はい。お任せします」

「お任せしますとだけ言ってたら良いもんじゃねーぞ！」

「そう言われましても。私は専門家じゃありませんし」

エイジもよく顧客からは無茶な注文を受ける立場だ。

軽いのに強く、薄いのに強靭《きょうじん》なものを作れと頼まれて、それになんとか応えないといけない。

頼む側は気楽なものだ、と何度恨んだことだろうか。

「もう一度聞くが、どうしても必要なんだな？」

「はい、必要です」

「理由を言え。これだけ苦労させるんだ。理由を聞いて納得できなきゃやってられん」

「一つ一つが、出産時の事故を減らして、死亡率を下げるために有効なんです。小さな積み重ねが大きな効果を生みます。きっと未来では私たちの仕事が評価してもらえる日がきますよ」

「……………」

エイジの回答にフェルナンドはしばらく黙っていた。内容を咀嚼《そしゃく》し、理解しようとしてくれているのだろう。たしかに協力を仰ぐ以上、納得して動いてもらったほうが良い。

特にフェルナンドのように、自分で考えて動ける人には。

これが指示したことだけを実行するような人ならば、ボーナの協力の下命令してもらえばいいのだが。

結局フェルナンドはふぅ、と溜め息をつくと、エイジの要求に折れてくれた。

「分かった。仕方ない。お前さんがそこまで言うんだ。本当に必要なんだろう。はぁ……こりゃしばらく帰れないな」

「すみません。私もできる限りは力になります」

「当たり前だ！　道具の供給と手入れはぜったいにしてもらうからな」

これはエイジもすでにやろうと思って動いている。弟子たちを使って、新たな大工道具を製作中だ。一斉動員するからこそ、多量の道具が必要になる。

この時代の村社会では、村人全員が下働きができる状態だというのが強い。マンパワーによって一斉に動くことができるのは、現代社会ではなかなか見られない光景だろう。

「大工道具の研ぎも任せてください」

「あとは建材とか工法でも気づいたことがあったら遠慮なく言え。お前さんの知識を全部吸い取ってやる」

この際取れるものは絞りつくそうという魂胆だろう。

今回のケースで使える知識は一部限定されているとは言え、いつか出せる引き出しがなくなってしまうかもしれない。

「私の知識がなくなったら、もしかして用無しですか……？」

「そうだ。そのときにはポイッと捨ててやるからな、覚悟しておけよ」

「取るだけとって捨てるなんてひどい人です」

冗談めかして言ったが、一日も早くそんな日が来てほしいものだ。

そうすればこの村はもっと発展してくれるだろう。

◇◇◇

エイジには使命があった。

あるいはそれは鍛冶仕事よりもはるかに大切なことかもしれない。

その使命を果たすために、エイジは息を切らせて駆け抜ける。

脇には大事そうに荷物を抱えて、万が一にも落とさないように気をつけていた。

バン、と音を立てて玄関扉を開くと、タニアが驚いた目で見つめていた。

「できましたよ、タニアさん！」

「そんなに駆け込んでどうしたんです？」

「はぁ、はぁ……。ほら、新しい服です！」

包んでいた布から取り出したのは、タニアの着る新しい服だった。

妊娠時だと体型が随分と変わってしまう。体を締め付けないように、ゆったりとしたワンピースを仕立ててもらったのだ。

「これはエイジさんが？」

「ジェーンさんやエヴァさんに頼んで作ってもらったんですよ。私じゃここまで細かい仕事はできません」

「素敵ですね……。ありがとうございます」

うっとりとタニアが服を見つめてこぼす。

喜んでくれているのが分かって、心が温かくなる。

やはりタニアの笑顔を見るのが一番嬉しい。

タニアが服を広げて自分の肩のラインに合わせ始めた。

「後でお礼を言わなくちゃ」

「ものすごく気合い入ってましたよ。着る服に困ったことがあるから、今後はこれを他の人にも着れるようにしてあげたいって」

「ふふ、あの人達らしいですね。それもこれも、エイジさんが織り機を作ってくれたから」

「私の功績じゃないですよ。どれだけいい道具があっても、使いこなせないと意味がありませんから。だからその言葉は私じゃなくて、ジェーンさんやエヴァさんにお願いします」

事情を話したときの二人の気合いの入りようといったら凄《すご》かった。

きっとこれだけではなく、他にも次々と作り続けるのだろう。

今後、村の妊婦さんの服装は充実するに違いない。

「分かりました。じゃあ早速ですし着替えてきますね」

「はい。期待して待ってます」

夫婦とはいえ着替え姿を見せるのは恥ずかしいのだろう。

タニアはそそくさと壁の奥へと姿を隠した。

なんだったら着替え姿も見ていたいのだが、怒られてしまいそうだ。そっと覗《のぞ》いてしまっても……、エイジは残念に思いながらも、自重する。

もともと『妊婦服』という考え自体が存在していなかった。

そのときにしか合わないような服装を仕立て上げられるほど、贅沢《ぜいたく》な暮らしはしていない。

新しい服、布をたっぷり使った服は、それだけで富豪の証だった。

タニアの今の体型を考えて設計した服装は、この島の人間からすればとても贅沢だが、同時に羨ましがられるぐらい、良いものに思えただろう。

さて、まだかな。早く見たいんだけど。

少し待っていると、タニアが壁から半身をひょこっと出した。

「ど、どうですか？」

「サイコーです！　やっぱり素材が良いと違いますね」

「たしかにこれならゆったりとしてますし、締め付けもなくて良いですね」

「いえ、素材って服の素材じゃなくて着てる人って意味だったんですが」

「……もう、褒めすぎです」

タニアがワンピース姿でくるりと回る。

スカートの裾が回転に合わせてひらりと舞った。

首元は締め付けないようにゆったりとしているため、たわわな胸の谷間が見えて、少しばかり扇情的だった。

「もう一つは、これは羊毛のセーターですね」

「これから寒くなってくるから、それに合わせて編んでくれたんですね」

「エイジさん、ありがとうございます。こんなプレゼントを頂いて嬉しいです」

「いえ、これを作ったのは……」

「でも、頼んだのはきっとエイジさんですよね？　だからお礼を言っていいはずです」

「……はい」

見抜かれている。

ごまかすこともできたが、確かめればすぐに分かることだ。

エイジは素直に認めて頷いた。

「ほら、最近お腹で動き始めてるのが分かるんですよ」

「触っても良い？」

「どうぞ」

タニアの手に導かれて、エイジの手がお腹に触れる。

ぽっこりと膨らみ始めたお腹の奥底に、生命が宿っている。

自分の子どもがいま、この中にいるのだ。

なんだか不思議な気分だった。

でも悪くない。いや、とても嬉しい。

なんだかぽかぽかと心が温かくなる、幸せな気持ちだった。

「うわっ、蹴ってる！」

「エイジさんに挨拶してるのかも」

「楽しみだなあ」

たいした刺激ではない。

だけれど、手に感じたそのわずかな衝撃は、とても重く感じられた。

そこには生命の強さがある。そんな気がする。


タニアのお腹に触れているうちに、しばらく時間が経っていた。

いや、実際にいくら触っていても飽きないのだ。

この中に自分たちの子どもがいるかと思うと、元気で育ってくれ、生まれてきてくれと暖かな気持ちが続いて、とても幸せになる。

タニアが母性を感じさせる優しげな笑みで、エイジに問いかけた。

「名前はもう考えてますか？」

「タニアさんの希望は？」

「名付けは父親のお仕事ですよ。私が考えてもいけません」

「え、でも私は……」

エイジはこの島の生まれではない。文化風習に少しずつ慣れてきているとはいえ、名付けという大任をこなせるとは思えなかった。

おかしな名前をつけてしまったら、その後の一生をその名で生きる我が子があまりにも可哀想《かわいそう》だ。ときおり不思議なネーミングを嬉々《きき》として語る親もいるが、エイジにはそんなつもりは一切なかった。もちろん悪気がないのは分かっているが。

「そうですね。エイジさんの場合はその問題がありましたか」

「ですです。私の国の名前をつけるのも良いのですが、あまりにも響きが違うと可哀想かもしれませんよ」

「それじゃあ、私と一緒に考えましょうか。最後に決めるのはエイジさんにしてください。それなら大丈夫でしょう？」

「分かりました。相談して決めるなら、なんとかなると思います」

「ふふふ、いい名前をつけてもらうんですよー」

「プ、プレッシャーが半端ないですね」

これはとんでもないことになってしまったな。

頑張ってつけた名前がまったく気に入られなかったら……。

思わず嫌な想像をしてしまった。

だが、相談して決めるというならば、大きな失敗もないだろう。

タニアがじっと見つめて念を押してくる。

「私達の初めての子なんですから、当たり前ですよね？」

「も、もちろんです」

どうしようか。

これはタニアさんだけではなく、知り合いに聞くのも良いかもしれないな。

◇◇◇

ダンテがじっと作品を見つめていた。

エイジがいつでも見られるように、と置いている見本だ。

優れた形、切れ味などをもつ作品は、できるだけ見本として鍛冶場に置いているのだ。

見るだけではなく実際に使用することもできるし、なんだったら研ぎもできる。

展示品ではなく、使い心地まで試すことを含めた見本だった。

「ダンテも気合い入ってるね」

「当たり前だろ、俺様は一発で合格をもらうつもりだからな」

「そりゃスゴイ。なにか目的でも？」

ダンテはもともとそれほど制作意欲の高いタイプではなかった。

職人となった経緯が経緯だから仕方がないが、今ほど熱中して取り組む姿には少し違和感がある。とはいえ、人は変わるものだ。

なにかの目的や目標を見つけられれば、大きく化けるという人も少なくない。

ダンテがもし、何らかの変化をきたして熱心に取り組んでいると言うなら、師匠としては可能な限り力になってあげたかった。

エイジが尋ねると、ダンテはぽつぽつと内心を話してくれた。

これも普段はあまり見られない傾向だ。

「俺様はよ、こうやっていつも自信満々に振る舞っちゃいるが、厄介者扱いされてたことも知ってる。親父や兄貴には手に負えないガキだと思われて、今じゃ手元に置かずに鍛冶師に弟子入りすることにもなった。ああ、勘違いするなよ、鍛冶を不満に思ってるわけじゃねえ」

「知ってるよ。取り組む姿勢を見てたら分かる」

「そうか。それなら良いんだ」

少しばかり照れくさそうに、ダンテが鼻の下を指でこする。こういう姿を見ると、まだまだ少年ぽさが抜けきらない。

「それで？」

「俺様は見返してやりたい。出来損ない扱いした、すべての人間を。認めさせてやりたいんだ」

これまで暴れることで自分の存在を証明しようとしていた人の言葉とは思えない成長ぶ

りだ。

とても素晴らしい成長だと思う。

素直に応援したいと思った。

「何よりも、俺様が……自分自身が、何者かであることを証明したい」

「すごいな。そんなことはなかなか考えられないよ」

「そりゃ、エイジが、親方がもう鍛冶師だって思えてるからさ」

そうなのかもしれない。生まれたときから鍛冶はすぐ隣にあった。

父親には反対されていたが、それでもあとを継ぐことが自然だと思っていた。

きっとダンテとは、たどってきた経歴が違いすぎて、重なるところなんて一つもないだろう。

だが、その気持ちは分からないでもなかった。

エイジだって、自分が何者なのか、どうしてここにいるのか、迷ったことは何度もある。

あるいはその運命の数奇さでいえば、エイジはダンテを上回るほどの体験をしている。

「俺さ、ジルヴァには本当に惚《ほ》れたんだけどさ、あんなことになって、今更会いにも行けねえじゃねえか。特に俺様は領主の息子だ」

「そう、なんだろうね。私は政治的なことは分からないけど、今すぐ会いに行ける状況じゃないだろうことは、想像できるよ」

今は島の東と西で、ある種の緊張が走っている。

下手な動きはその緊張をより強化して、戦を引き起こす火種になりかねなかった。

ダンテがただの村人ならば、大した影響はなかったかもしれない。

でも、ダンテは領主の息子だ。

たとえ勘当されているとは言え、周りがそう見てくれる保証はない。

「そりゃ一生ついて回ることだけどさ。ただの領主の息子じゃなくて、一人前の鍛冶師だったら、会いに行って、なんだったらそこで住んでも良いんじゃないかって思ってるんだ、笑えるだろ？」

「笑わないよ。私はぜったい笑わない」

「おいおい、笑えよ。おかしいだろ」

「おかしくない。立派だと思う」

エイジが強く言うと、ダンテが押し黙った。

笑えるわけがない。

ダンテの成長はとても立派だ。

それに考えなしだった頃と違って、ちゃんと周囲への迷惑を考えて、自制することができている。

そのうえで自分の目的を叶えるための行動を実践しているのだ。

エイジに笑えるわけがなかった。

「ちぇっ、調子狂うな」

「それだけ、ダンテの考えが以前と変わって成長してるんだよ」

「そうかな。俺様にはちょっと分からねえが」

自分の変化は、自分が一番分かりづらいものだ。

だが、そろそろ自分を俺様と呼ぶのは止めておいたほうが良いかもしれないな。

そう思ったのだが、つい指摘しそびれてしまった。

それはそれで、ダンテの個性のような気もする。

僕とか私とか言うダンテの姿を想像できない。

代わりに口から出たのは、ダンテの考えを後押しする言葉だった。

「ダンテがジルヴァともし結ばれたら、関係の改善にもなるんじゃないか」

「よおし、ますます合格したくなってきたぜ」

「事情が分かったからと言って、手心を加えるつもりはないからな」

「ぐっ……。あ、あったりまえだ！　俺様は自力で合格をもぎ取ってやるぜ！」

「期待してるよ。試験の基準はけっこう厳しいけどな」

「よし、じゃあ俺様の特訓につきあってくれ」

「良いけど、ずっとはムリだよ。少しだけね」

どんなときだって自信満々に振る舞って、大言壮語を実力で捻じ伏せようとする。

そんなダンテが少し格好良く思えた。

◇◇◇

それから少しだけ月日が流れた。

エイジが設定した期限を迎え、試験も残るは採点を待つばかりとなった。

そして今、エイジは提出された弟子たちの作品を眺めている。

数多《あまた》ある大工道具の中から、自分が造るのに合っていると思われる物を選ぶ観察眼も、試験の評価の一つだ。

誰がどの作品を造ったのかは、エイジは知らない。

試験の公平性を保つために、それらの事前情報は一切得ないように気をつけてきた。

「実際は、作品を見ればひと目で分かっちゃうんだけどな……」

エイジ一人の鍛冶場で、ぽつりとつぶやきが響く。

同じ手順や同じ形で造るように教えたとしても、それでも漏れ出るのが個性というものだ。

優れた鍛冶師だったら、見分けるのは簡単にできる。

同業他社の作品を見ては、この造りは誰々のものだな、などと鑑定してしまう。知人の家に自分以外の鍛冶師の仕事が見つかれば、それだけでも歯ぎしりするほどの悔しさを覚えてしまう。

そんなエイジだから、提出された作品が誰のものかなどは、わざわざ隠す効果はない。

だが意味はある。

私は作品だけを見て評価を下しました。

だからこの判断に従ってください、という理由になる。

エイジとしても、試験で落としたいわけではない。

だが、要求水準に達していなければ、やはり落第させざるを得ないだろう。

そんなときには、守るべき建前というのが必要になるのだ。

「これはダンテか。分かりやすいな」

ダンテが造ったのは釿《ちような》だ。

大工道具の中でもかなり大きい道具で、細やかな作業というよりは、大振りな仕事に使う。ダンテの力強い造りがそのままに現れている。

かつてエイジが指導したことを丁寧に守っているのだ。良い出来に思えた。

「次はカタリーナだな、これは」

逆にカタリーナの作品は小振りな鑿《のみ》だった。

女性として、どうしても力では男性に負ける。水力ハンマーを利用して、その差をできる限り減らしながらも、細やかな仕事ぶりが窺えた。

最初から方向性を決めて造ったのだろう。鉄の粒度、硬さ、粘り、形状と色々な採点ポイントを変えて調べてみても、かなり高水準に纏《まと》まっている。

完成度だけを考えるなら、これは文句なしの合格だろう。制作時間をどれだけかけたのかは不安だが、ひとまず作品だけで評価するなら充分な水準にある。

「ううん、意外と強《したた》か……」

制作時間と作品の評価をどう下すか、何を造るか、試験の内容を考えて、計算的に取り組んだのだろう。評価する作品の質だけを見るわけだから、徹底的に一つの物に集中するのは間違っていない。

カタリーナのおっとりとした態度とは裏腹に、実に計算高く合格をもぎ取りに来ているのが分かる。とはいえ、試験に対して高評価を得られるように策を尽くすのは当然のことだ。

別段ズルをしているわけではないので、むしろエイジとしては高評価だった。

「お次の小刀はレオの作品かな」

切る、削るといった汎用性《はんようせい》の高さから、大工に欠かせない道具の一つだ。

切れ味が鈍れば研ぎに出す必要があるということで、今ではカッターナイフに取って代わられた存在である。

レオは他の弟子たちと比較すると、弟子入りの期間は短い。その分、知識的には知っていても、体で覚えるといった経験は少なかった。

「これは……」

小刀をしげしげと見つめる。軽く試し切りをしてみれば、シャクッと木が削れる。

切れ味の微妙な手応えを確認し、エイジは笑みを浮かべた。

「そしてピエトロは……これ三作品ともかな？」

並んでいる作品が三つ。試験をする作品の数に縛りはないから、いくつ提出しても良いわけだが、制作時間を考えるとかなり無理をしただろう。

あるいはどれか一つだけでも合格して、なんとしてでも職人になりたい、という気持ちの現れだろうか。

エイジはそういった先入観をひとまず置いて、作品だけを評価するように心がける。

鉋《かんな》、鑿、小刀とすべて小振りな作品ばかりなのは、大きな物を造るゆとりが無かったからに違いない。

一つ一つ見聞していく。

そうしてすべての作品の評価を終えたエイジは、弟子たちの心のこもった作品を丁寧にしまうと、鍛冶場を後にした。

さて、あとは合否を伝えるばかり。

全員の作品に非の打ち所がない、などとは到底言えない。

エイジからすれば、まだまだなところが見つかるのは、ある意味では当然のことだ。

それでも合格基準を超えているかどうか。職人として作品を世に出させて良いのか。

そういった事情を考えながら、エイジは黙って歩きだす。

夕陽が沈んで、夜がやってくるところだった。

吹き付ける風に冷たさが混じって、秋の訪れを感じさせた。

「さて、いったいどう評価を下したものか」

弟子たちの今後に大きく影響するだけに、エイジとしてもじっくりと考えなければならないだろう。

第三話　進む準備と募る不安

作品が並んでいた。

鍛冶場に置かれた台の上、丁寧に並べられた弟子たちの作品の前に、エイジは立っていた。

合否を告げるためだ。

ひんやりとした空気が鍛冶場に漂っている。

もう秋の早朝だった。火を入れさえすれば夏と変わらず灼熱の間となる鍛冶場も、今ばかりは少し肌寒い。

エイジと向かい合うようにして立って並ぶ弟子の顔は、どれもこれも緊張でこわばっている。


実のところエイジも緊張はしていた。今後も試験は繰り返し行うとは言え、最初の試みだったから、不合格を言い渡すのには心構えが要《い》った。

合否は誰が、とは言わない。やはりどこまでいっても、エイジは作品の良し悪しだけで合否を決めたのだ。作品に対して評価を下すことで、合否を伝えたほうが良いだろう。

「よし、それじゃあ試験の結果を伝えるぞ」

ごくり、とつばを飲み込む音がなまなましく響いた。全員がこの試験にかけるそれなりの理由が、覚悟がある。

「まず、合格もあったけど、不合格な作品もあった」

「マジかよ……」

「なんだダンテ、自信がないのか？」

「そんなことねーよ。俺様は最高傑作を造ったつもりだからな」

思わずといった様子で反応したダンテに聞いてみるが、返ってきた返事は意外にもしっかりしたものだった。胸を張って答える姿は、それなりに様になっている。

それだけ努力してきたんだろう。その積み重ねこそが嬉しい。

だが、少しばかり手汗をかいているのか、ズボンでゴシゴシとこする姿が可愛らしかった。

「ふふふ、それじゃあ結果が楽しみだね」

「お、おうよ」

「さて。じゃあまずは一番優秀だった作品から発表しようか」

エイジは台の上に置かれた大工道具の中から、一つを選んで持ち上げた。

痛いぐらいの視線が注がれた。

「最優秀作品は、この鑿《のみ》だ」

「あっ！　私です！」

「カタリーナの作品か。おめでとう。文句なしに合格だ」

「や……った!!」

一瞬にして頬にパッと紅《あか》みが増した。歯を大きく見せて笑う表情は、とても綺麗だった。

グッと手を握って喜びを示すカタリーナに、周りからも感心するような反応が集まった。

カタリーナは真面目だが、鍛冶場ではあまり表に出てこない存在だ。

どちらかと言えば、黙々とエイジの指示通りに、確実に仕事をこなすタイプ。

あまり私語も交わさない。

だから、一番弟子として指導しているピエトロや自信に溢れたダンテの影に隠れてしまいがちだった。

そんなカタリーナが一番成績が良かった。ダンテやピエトロたちの見えていないところで、カタリーナが努力を重ねてきたことが、いま報われたのだ。

うっすらと涙を流すカタリーナの笑顔は素敵だった。

おめでとうと、心のなかで伝える。まだ結果発表は続くから、おおっぴらに称《たた》えることはしない。

「鑿《のみ》は取り扱いの難しさから、とても精度が求められる道具だ。鋼材のチョイスから、火造りの正確性や形状、焼きの入り方など、どれをとってもかなりの高水準だった。これなら村の外にも出荷しても恥ずかしくない、良い仕事でした」

「ありがとうございます！」

「問題は、これ一つにどれぐらい時間をかけたか、かな。特に銑《せん》がけは過剰なぐらい時間をかけた形跡がある」

銑がけは硬度のある鋼鉄で鉄を削っていく作業だ。鉄で行う鉋《かんな》がけのイメージだろうか。これで最適な形状を削り出していく。現代の鍛冶だと、電動の鑢《やすり》がけで行う作業だ。

エイジの指摘に、カタリーナはうっとのどを詰まらせながらも、頷いて答えた。

「は、はい。そうですね……。それだけで三日ぐらいかかりました」

「火造りの時点でもう少し正確な形を取れるようにすれば、その時間は短縮できるから、その点にだけ気をつけて。合格おめでとう」

「よ、良かった……」

パチパチパチ、とエイジが拍手すると、釣られるように周りからも拍手が起こった。狭い鍛冶場に手を叩く音が響き渡る。音の中心でカタリーナが笑顔を浮かべながら、人差し指で目元を拭った。キラキラと輝く涙が払われる。

「さて、最優秀作品も報告したし、次はどんどん合格を伝えていくぞ」

「だ、大丈夫っす……。今度はちゃんと選ばれるっすよ……」

「へへへ、最優秀を逃したのは残念だがしかたねー。だが合格は間違いない」

「いや、柄にもなく僕も緊張してきたよ」

ボソボソと不安を口にする弟子たちを前に、エイジはほんの一瞬だけ言葉に詰まった。

唇がわなわなと震え、思わず手が止まる。

「……さて、合格作品はこれとこれだ」

エイジが取り上げたのは、釿《ちような》と玄能《げんのう》の二つだった。

ハッと顔を輝かせたのは、ダンテとレオの二人。

「よしっ！」

「やったぜ！　これで俺様も職人だ！」

そして一瞬にして絶望に染まったのが、ピエトロだった。

ピエトロは三つの作品を出して、どれも不合格だった。

「そ、そんな、なんでっすか！」

「不合格はピエトロだったか。今からそれを説明しよう」

思わず胸が痛くなるような声を聞きながら、エイジはできるだけ平静を務める。

痛ましいものを見るような視線がピエトロに集まった。

合格したはずの者たちが、素直に喜べない状況だ。

だからこそ、エイジはできるだけ冷静に伝えなければならない。

それが師としての務めだ。

胸が痛い。できれば、甘く採点して合格にしてあげたい。

でもできない。それはできないのだ。

淡々としたエイジの声が鍛冶場に響き渡る。

「この三つの作品はすべてピエトロの作ったものだな？」

「そうっす！　どこが、いったいどこに問題があったんすか」

「意地悪するわけじゃないけど、ピエトロはどこに問題があったと思う？」

「……分からないっす。気づいてないミスがあるってことっすか？」

「うん、そうなんだ」

エイジは頷いた。ピエトロは今、必死に頭を働かせているだろう。

エイジとしては今すぐ答えを言ってしまいたい。だが、ぐっとそこを堪《こら》えて待つ。

自分で考えてみる、その貴重な体験こそが、ピエトロの成長につながるはずだから。

ピエトロが気づくのを信じる。

とはいえ、何のヒントもなしだと、気づきにくいか。

エイジはさりげなく、ピエトロの提出作品を手に持った。

「あっ……あぁっ！」

「気づいたかい？　この柄、私の手には合ってないんだよ」

ピエトロの作った部分に関しては、大きなミスはなかった。

たとえばこれが現代のような、商品を並べて客が自分に合わせて選ぶ形なら、何の問題もなかっただろう。

だが、鍛冶師の仕事は受注生産だ。

柄も客に合わせて造る必要がある。

柄はフェルナンドたちに任せているが、その時に指定を忘れたのだろう。そして、その失敗に提出するまで気づかなかった。

致命的なミスだ。

「ピエトロ、君の不合格の理由は、造る道具ばかりを見て、使う人間を見なかったことだ。らしくないミスだったな」

「そ、そんな。う、嘘《うそ》っす……」

「だから――」

「う、ううう……!」

ボロボロと涙をこぼし、歯を食いしばってうめき声を上げながら、ピエトロが立ち尽くしている。顔を真っ赤にして、激情を抑え込もうとして、くっと顔を伏せた。

ふうふうと荒い息をついて、落ち着こうとして、失敗している。

悔しいだろう。とても悔しいのだろう。

嗚咽《おえつ》を漏らすピエトロの姿は見ていられない。

ダンテやカタリーナ、レオの三人はそっと目を逸らしてあげていた。

でもエイジにはそんなことはできない。見届けるのも、仕事だと思った。

　そして、ピエトロのそんな姿を見てしまったら、エイジも今はそれ以上の言葉を継げない。

　軽く伸ばした手が宙ぶらりんになって、やがてゆっくりと落ちた。

「落ち着いたら話がある。大事な話だ。ちょっと顔でも洗ってくると良い」

「…………」

　ぐしぐしと袖で顔を拭いながら、ぺこりと頭を下げると、ピエトロが鍛冶場を出ていった。

　失意にまみれた、ゆっくりとした足取りだった。

　いたたまれない気持ちになって、誰もが喜びに蓋をされた気分だっただろう。

　あのダンテでさえ、バツの悪そうな顔を浮かべている。

「なんとかならないのかよ」

「そうですね。僕の目から見ても、けっこうキツそうでしたよ。まあ、合格した僕らが言うことじゃないかもしれませんけど」

「なんとかとは？」

　エイジの目に力がこもった。応答次第では、叱責を食らうことが分かったのだろう。とたんにダンテも勢いを失う。

　もともとダンテだって、無理な要望だということは分かっているのだ。

　試験はエイジが可能な限り公平に執り行った。なんとかした途端、公平性が失われてしまう。

「さあ、まずは合格者についての話をしようか。大丈夫、ピエトロには私から話をしておくから。一番弟子なんだ。悪いようにはしないさ」

「なら良いんだけどよ」

「ダンテは優しいな」

「ば、馬鹿言うな。俺様は別に気にしてるわけじゃねえ」

ダンテのやるせない声を聞きながら、エイジは説明を行う。

エイジが課した課題に見事に応えたのだ。その努力は素直に讃《たた》えたい。

みんなよく頑張っていたのを、最近はずっと見届けていたのだ。

「まずは合格おめでとう！　カタリーナ、ダンテ、レオ」

「やりましたよ、エイジさん！」

「へへっ。まあ余裕だったぜよゆー」

「妻と娘から失望の目線を向けられなくて済むからホッとしたよ」

素直に喜ぶ三人の姿に、エイジもほっこりとする。

特にレオは職人になった経緯が経緯だから、かなりのプレッシャーがかかっていたのだろう。

その場に軽く座り込んで、ほっとしている様子だった。

本当によく頑張ったことだ。

「合格者には、今から職人相当の扱いを始めるよ。村長のボーナさんにも伝えておこう」

「特にどう変わるんですか？」

「村から配給される食料だとか物品の数が増えるはずだね。それに見習い枠としてじゃなく、職人として周りから扱われるようになる」

「僕もようやく妻に胸を張れるよ。親方にまでなって、また見習いに戻って迷惑をかけたからね」

「レオの場合は特に影響が大きいね。ただ、まだ扱える仕事は合格したものに限るし、今後もできた品は全部目を通して、問題があれば弾くから、それを忘れないように。扱いたい品を増やすためには、今後も練習して、試験を受けていこう」

「わかりました。私は次回も最優秀作品に選ばれるようにがんばります！」

「期待してるよ」

「いーや、今度は俺様が選ばれるぜ」

「ぜったいに譲りませんよ！」

「僕は次は複数合格を狙いたいな。最高傑作は職人になってからでも遅くないしね」

ワイワイと次の展望に向けて明るく盛り上がっていく。

ひとまず自由時間として、気持ちが落ち着いたらまた仕事に戻ってもらうように伝えた。

ずだ。

　さあ、次はピエトロのフォローだ。

　そのままにはしておけない。きっと今も傷つき、一体どうしたら良いのか悩んでいるはずだ。

　エイジは去っていったピエトロの後を追い始めた。


　ピエトロの姿は、探さずにすぐに見つかった。

　鍛冶場は水力ハンマーの関係で川沿いに建てられている。

　ピエトロは少し離れた川岸の砂利《じゃり》の上でしゃがんで、ぼんやりと川の流れを見つめていた。

　ただただ眺めているだけといった様子で、何かをし始めそうな雰囲気はない。

　他でもない自分の評価が、ピエトロを深く落ち込ませてしまった。

　だが、必要な決断だったと思っている。

　あのまま合格を言い渡していれば、ピエトロは客と向き合うことの大切さに気づかなかったかもしれない。

　あるいは、仕事で追い詰められているときには忘れてしまうかもしれない。

　今はまだエイジの弟子だから、守ってあげることができる。

　だが職人として独《ひと》り立ちしてしまえば、そんなことはできないのだ。その時のピエトロへの影響は、今とは比にならないぐらい大きなものになっていたはずだ。

これぐらいてひどい失敗をすれば、おそらくは一生にわたって覚えてくれるに違いない。

砂利を踏みしめる音に気づいたのか、ぼんやりとしながらも、ピエトロが顔を向けてきた。

「親方……」

「ちょっとは落ち着いたか？」

「はい……。まだどうしたら良いのか、全然分からないっすけど」

「それはそうだろう。話も聞かずに出ていったんだから」

「……どういうことっすか？」

「ピエトロはもう終わりだって思ってるみたいだけど、再試験をするつもりだったんだよ」

ハッと顔を上げ、生気を取り戻す。

瞳に力が戻っていた。

まったく、早とちりし過ぎなのだ。

それだけ今回の試験に賭けていたということなんだろうけど。

いや、結婚がかかっているのだから、当然かも知れない。

短い時間の中で三作品も作り上げてきたのは、ピエトロがよほど手際よく仕事をこなしていた証拠だ。

エイジとしては十分に評価しているつもりだった。

そんな弟子を不合格にしてずっとツラい立場に置くつもりは一切なかった。

「そうだなあ、ピエトロの場合、柄の指定をちゃんとしていなかったのが問題だ。自分で作る範疇《はんちゅう》では、ちゃんと私の体を考えていたから、もう一度フェルナンドさんのところに注文をしてみよう。それをもって合格とする」

「あ、ありがとうございます！」

「ただ、余計な負担をかけるわけだから先方には事情を話して謝ってくるように」

「分かったっす！」

先程までの死人のような態度はどこにやら。

今は腹の底から元気な声が返ってくる。

やれやれ。泣いたカラスがもう笑った、というやつだな。

だが、ピエトロは笑っていたほうが良い。もともと素直な弟子だった。いつも快活で、エイジの職場には欠かせない人材だ。ピエトロが泣いていたり落ち込んでいたら、らしくない。

「ふふ、元気出たかい？」

「もちろんすよ。俺、もうどうやって家族に説明したら良いか分からなくて……」

「そうだよなあ。結婚式まで控えていて、駄目だったでは、ちょっと格好悪いよな」

「サラがなんて言うか……。ガッカリさせると思うと、なんだか耳がキーンって鳴って、話が聞けなかったっす」

強いストレスがかかって、一時的に貧血状態に陥ったのだろうか。

「おっと、それは心配だ。今はもう大丈夫か？」

「なんだか一気に治ったっすよ」

エイジはピエトロの顔をじっと観察するが、紅潮した頬や輝く目を見ている限り、体調不良には思えない。一時的なショック状態だったのだろう。

「次からはこんなミスはないようにな。どれだけ腕が良くても、客の方を向いていない職人は一流になれないぞ」

「もう身に沁《し》みて分かったすよ」

「なら良い……。ほら、見てみろ。弟弟子たちが心配そうに顔を覗かせてる」

エイジが話をしながらそっと鍛冶場の方を見れば、カタリーナたちがこっそりとこちらを見つめていた。

ピエトロの扱いが心配で仕方がないのだろう。仲間思いで良いことだ。

できれば蹴落とすライバルとしてではなく、ともに成長し競い合う仲であって欲しい。

「ほら、ピエトロがちゃんと見ていないせいだぞ。納得できたら、すぐに監督してやってくれ」

「……分かったっす！」

エイジが促すと、ピエトロは元気一杯に駆け始めた。

砂利を蹴飛ばしながら、すぐさま鍛冶場へと向かっていく。

「げえ、見つかったぞ！」

「ダンテ君の体が大きいからよ！」

「カタリーナの胸がでけえからだろ」

「ははは。失敗失敗。僕はすぐ仕事に戻るとしようかな」

「コラー。なにやってるっすか！　早く仕事するっすよ！」

ピエトロの声が、辺り一帯に響き渡った。


それから一週間が経った。

エイジの手元には、ピエトロの試験作品が置かれている。

ただし、今は三つあったうちの二つだけに、その数を減らしていた。

エイジはピエトロの表情をうかがう。そこには不安のかけらもない。いい表情を浮かべていた。短期間ではあったが、ずいぶんとピエトロも成長したらしい。色々迷って躓《つまず》いて、そこから立ち上がったからこそ、一回り大きくなったのだろう。

「良いのか、自分から提出する作品を減らして」

「一度落第して、吹っ切れたっす。よく考えて見直してみたら、自分で納得できないものがあったんすから、提出しないほうが良いんす」

「なんだ。運よく合格するかもしれないんだぞ？」

「親方はそんな軽い気持ちで提出したものを合格にしてくれるぐらい甘いんすか？」

「いや、多分落としているだろうな」

にやり、とエイジが笑うと、ピエトロが苦笑を浮かべた。

おそらくはこの反応すら、予想通りだっただろう。

エイジは出された鉋《かんな》と鑿《のみ》を確認する。

造りは問題ない。柄もちゃんとエイジの手に馴染む設計になっている。フェルナンドの造りにしては、やや甘さが残るから、弟子のトーマスの作品だろうか。

とはいえ、問題はなく十分及第点に達している。なによりも、ピエトロが自信を持って提出できているのが大きい。ちゃんと考え抜いて出された作品は、それだけで価値がある。

「ど、どうっすかね？」

「うん。今ちゃんと確認してる」

鋼の硬度、造りの確かさ、切れ味、いろいろと確かめるべき点は多い。それらをじっと確かめる間、ピエトロはエイジのわずかな動きも見逃さないように、緊張しながら見つめていた。

エイジは顔を上げた。さきほどあれだけ自信満々だったというのに、今はエイジの判断を固唾《かたず》を呑んで待っている。

「よし、合格だ。これでピエトロも職人の仲間入りだな」

「ありがとうございます！」

「いやあ、これで落第するような作品が出されたらどうしようってこっちも不安だったよ」

「本当は前回で合格しておかないといけないのに、こうして助けてもらって、おかげで祝《しゅう》言《げん》も挙げられるっす」

「式が楽しみだな」

「そうっすね」

幸せそうに表情を緩めるピエトロを見ていると、なんとか合格してくれてよかった、と心から思う。これから先も職人としてまだまだ成長は必要だが、幸せな家庭を築いてほしい。

結婚式は個別に行われるのではなく、一年に一度、一気に執り行われる。エイジとタニアのような時期外れは例外だった。

合格に喜んでいたピエトロが、どことなくソワソワと落ち着きがない。

ためらう様子で、エイジを見つめていた。

「報告に行ってきてもいいっすか？」

「ああ、心配しているだろうから、すぐに行ってあげな」

「じゃあ失礼するっす！」

バタバタと駆けていくピエトロの背中は、まだ少年の趣を残している。だが、きっとすぐにでも一人前の大人へと変わっていくのだろう。

一人の若者が一人前に成長していくのは、嬉しい。

◇◇◇

夜、煌々《こうこう》と焚《た》き火《び》が光っていた。パチパチと松油が弾け、火の粉が舞う。太鼓が叩かれ、笛が吹き鳴り、陽気な笑い声が辺りを満たした。

冷えた空気が体にまとわりつく。

焚き火の光はぼんやりしていて、案外と遠くまでは熱が届かない。

今日はピエトロたちの結婚式の日だった。

外部から人を招いたりするような特別な事例を除いて、シエナ村での結婚式は合同で行われる。その一日で何組もの新婚夫婦が生まれ、神の祝福を授かるのだ。

エイジたちは新郎新婦の関係者ということで、少しだけ前よりの位置に座りながら、式の準備を眺めていた。数年前は自分がこうして祝われる立場だったことを考えると、なんだか懐かしい気持ちになる。

敷物の上に腰を下ろしながら式が始まるときを静かに待った。

エイジとタニアが主役だったときは、準備でてんやわんやになっていた。その時も待っている側はこうしてじっとしていたのだろうか。

エイジの隣にはお腹を大きくしたタニアが座り、体を服でもこもこにしていた。冷やさないようにエイジが注意して、羊毛や毛皮で体を包んでいて、むしろ少し暑そうなぐらいだった。

その後ろにはダンテやカタリーナ、レオといった鍛冶場のメンバーが集まっていた。

「おっ、来ましたね、タニアさん」

「ピエトロ君、カッコイイ。キリッとしてる」

「精一杯真面目な表情を浮かべてますけど、あれかなり緊張してますよ」

「そういうところも可愛らしいですね」

エイジとタニアが並んで言葉を重ねる。

薄暗がりの中から、新郎新婦の一行がやってくる。先頭に立つのは巫女《みこ》のアデーレだ。

静々とした足取りで、周りに新郎新婦の姿を見せつけるような歩みだった。

新郎のピエトロは凛々《りり》しかったが、新婦のサラもとても綺麗だった。

エイジからすれば、二人ともまだまだ年若く、結婚するには少し早いように見える。

だが、現代日本ならともかく、この島では十分に適齢期なのだ。

「サラちゃん、綺麗に着飾ってる。スゴいなあ」

サラの花嫁衣裳は、母親の手作りだという。エイジが機織りを導入させたため、たっぷりとした布地を贅沢に使って、おかげで衣装も豪華だった。手縫いの刺繍《ししゅう》がふんだんに施されていて、母親の意気込みをそれとなく察することができた。

夫婦になれることを喜んでいるためか、頬が紅潮し、とても幸せそうな表情を浮かべている。それが何よりも見ている人間にとって魅力的に映った。

サラの父親ベルナルドはすでに亡《な》いが、この光景を見たら涙を流して喜ぶだろう。短い付き合いだったが、それぐらいはエイジにも分かる。

素朴だけど実直でいい人だった。今一緒にこの光景を見れないのが残念だ。

ピエトロとサラの二人が歩く。その後ろにも、別組の新郎新婦たちが続いた。今年は三組が結ばれるようだ。

「ふふ。こうして見るとピエトロがガチガチだな」

「仕方ありませんよ。エイジさんも緊張してたじゃないですか」

「そうでしたか？」

「そうですよ。私も緊張してましたけど、エイジさんはスゴかったですよ」

ピエトロの顔は緊張にこわばっていた。普段は表舞台に立つことの少ない少年だ。

サラの手を握りながら、キョロキョロと視線をさまよわせながらも、胸だけはぐっと張って、正面を見ている。

たっぷりと焚き火で照らされた舞台にたどり着くと、綺麗な衣装に身を包んだアデーレが神々しく立っているのが見える。

宵闇に浮かび上がる白々とした衣装や肌は、幻想的だ。

アデーレが豊穣の女神に向かって祈りを捧げ、ピエトロたちがその後に続く。

普段は騒々しい村人たちも、このときばかりは雰囲気に呑まれたように静かで、独特な気配が漂っていた。

自分たちが式を挙げたときも、こんな感じだったんだろう。

エイジの感覚とはずいぶんとかけ離れている。ただ祝福するというだけではなく、神々に婚姻《こんいん》を報告し、巫女から祝福をもらう。現代日本では離婚は珍しくないが、シエナ村では一度嫁げば、それこそ死別でもなければ別れることはないという。

エイジの感覚でも、もはやタニアとは別れがたい気持ちが強い。だが、同時に日本に残っている父親のことを思えば、胸が苦しくなるときもあった。

「サラちゃん、とても良い笑顔ね」

「そうですね。ピエトロには夫として頑張ってあの笑顔を守ってもらわないとね」

「ふふ、責任重大ですね。一日も早く、一人前になってもらわないと」

タニアがおかしそうに笑う。

悪寒《おかん》に襲われたのか、ブルリと体を震わせるピエトロを見て、エイジも思わず体を震わせた。

アデーレが供物《くもつ》である牛の一部を、沼へと放り込む。

これによって神の祝福が得られる。

二人は今、夫婦になった。

◇◇◇

式を挙げた後は、飲めや歌えやのどんちゃん騒ぎだった。

村じゅうの瓶が空っぽになるのではないかと思うぐらいに次々とワインが飲まれていく。

下戸《げこ》のエイジは、空気中に漂うアルコール分だけでも酔っ払ってしまいそうだった。

だが、楽しい。とても楽しい。

陽気な音楽と調子外れの歌声を聴きながら、新郎新婦を囲んで祝杯を交わす。

まだまだ若いピエトロは、年に似合わず酒豪のようだった。もとより薄いワインとはいえ、けろり、とした表情で飲み干している。

エイジにはとても真似できない行為だ。あとあと二日酔いにならなければいいが。

エイジも師匠として、祝いの言葉をかけなければならない。

こういうのは緊張するものだが、ふしぎと周囲の雰囲気のおかげか、するりと言葉が口からこぼれ出た。

「ピエトロ、サラさん、結婚おめでとう」

「師匠、ありがとうございます」

「エイジさん、夫がお世話になってありがとうございます」

「ピエトロはとても優秀な職人で、私もいつも助けてもらっています。鍛冶師としては師匠でも、この村については いつも教えてもらっていて、ピエトロが弟子になってくれて良かったとあらためて思いました」

「師匠、そ、そんなっ。俺、そんなこと言われたらっ……」

慌てたピエトロが感激も含んでだろうか、目をうるうると潤ませ、嗚咽を上げる。

その背をサラが優しく撫でている。二人の姿はとてもお似合いに見えた。

幼馴染みで小さな頃から将来を誓いあった仲だというが、このまま良好な夫婦仲でいてほしいものだ。

「ピエトロ、サラさんを守るためにも、より腕を磨き続けてくれよ。そしていつの日か独り立ちして、鍛冶場を構えるようになって欲しい」

「うっす。俺、がんばります……うぅっ！」

「あらあら。ピエトロ君、嬉しすぎたのかな」

涙腺《るいせん》が緩んだまま戻らないらしい。サラに背を撫でられたまま、ピエトロが感涙にむせぶ。

エイジは時を見計らって、そっとその場を離れる。

以前見たときにもお似合いのカップルだったが、仲の良いままで安心できた。

主役たちからそっと離れたエイジは、また元の場所へと戻った。そこには皿に料理をいっぱい盛り付けたダンテが、羨ましそうにピエトロたちを眺めていた。

「ああ、俺様も早くこうやって式が挙げたいもんだぜ」

「ダンテは今独り立ちしても、食べていけないと思うよ」

「分かってるよ。だから親方にはさっさと技術を教えてもらわないとな」

ぶすっとした表情で、肉料理を手に掴《つか》んだ。火に炙《あぶ》られてテラテラと光る分厚い豚肉を専用のソースにつけると、そのまま口に含んだ。

ダンテみたいな大きな男が肉の塊を口にするのは、ちょっとマンガ的な意味で絵になる光景だった。がぶり、と豪快に口に放り込むと、肉汁が溢れるのが見えた。

むしゃむしゃと肉を噛《か》み締めながらも、視線はおぼろにピエトロたちを眺めている。

実際に見ているのは彼らではなく、遠く離れた女性の姿なのだろう。

ダンテの恋心にいまだ変化がないことに少しだけ心配しながらも、その想いは否定しない。誰かを好きになるのに、理由なんていらない。

ただ、厄介な立場に立っている人物だけに、少しばかり心配にはなる。まあダンテはこの地を統《す》べる領主の一族だ。うまく立ち回れば十分に可能性はあるのだろう。

どうせだったら、その気持ちを上手に引き出して、やる気につなげてあげるべきだ。

エイジはどうやって焚き付けてやろうか、少しばかり考えた。

「ダンテが上達に余念がないのは良いことだ。どんどんしごいてあげるから、楽しみにしていると良いさ」

「げっ、ちょっと失敗したかも」

「頑張れば頑張るだけ、独り立ちが早くなるよ。そうすれば立派な職人として、歓迎されるかも」

「うっ……。そう言われるとやらないわけにはいかねえなあ」

「腕の良い職人は誰だって喉から手が出るほどに望まれてるからね。そんなダンテが嫁に欲しいと言ったら、断りづらいだろうなあ」

「おおっ、やるぜっ！　明日からまた鍛えてくれよ！　ま、お手柔らかにな」

「ああ、楽しみだなあ。次はどんな技術を仕込んであげようかなあ」

「やべえ……目が爛々と光ってやがる」

恐れおののくダンテの態度に笑いながらも、エイジは次の指導をどうするべきか、楽しく考えを巡《めぐ》らせた。

「お、おい、レオ！　俺様ちょっと料理取ってくるから、あとは任せた！」

慌てた様子でダンテが席を外したのは残念だった。

エイジは軽く手を振りながら、ダンテの遠ざかる背中を目で追った。

ダンテからバトンタッチされたレオは、敷物の上に座って赤ら顔をしていた。

「いやあ、人の結婚式は良いもんですねえ、親方」

「レオの奥さんは……？」

「あっちの方で、主婦連中でワイワイ飲んでますよ。僕のことはほったらかしですけど、まあお互い様ですね」

言って、レオがワインの杯を傾ける。吐き出す息からはむわっと濃いアルコール臭が漂っていた。かなりのペースで飲んでいるらしい。

「タダ酒にタダ飯に、見て聞いて楽しい新郎新婦の幸せそうな姿ときたら、ありがたいことですわ」

「レオは祭りの楽しみ方が分かってるな」

「僕が独り身だったら、羨ましくてなりませんけどね」

「それはそうか。それは私もだな」

すでに妻子がある身だからこそ、焦燥感に駆られる必要がない。

もし自分にタニアがいなければ、いったいどうしていただろうか。必死になって妻を求めていたのだろうか。

あるいは別の女性と結ばれた未来もあったのか。

そんな埒《らち》の明かないことを考えてしまう。

「ほら、レオもこれを食べてみたらどうだい？」

「米ですか。僕はあまり食べたことがないなあ」

「私の国ではこれが常食だったんだ。パンも食べたけどね」

「親方の国かあ。きっとすごい道具とか技術がいっぱいだったんでしょうね」

「実物を見るまで信じられないと思うよ。馬よりも速く走る鉄の箱が何千何万とビュンビュン走る姿とかね」

「冗談でしょう？　あとはどんな話があるんですか？」

「何十階建ての家にみんな住んでたりもしたよ。私の国で人口が一億を超えててね」

「……申し訳ないんですけど、ぜんっぜん想像できません」

「それはそうだと思う」

むしろ想像できる方が問題だろう。

だが、自分の国のことを、自分の故郷のことを話すのは楽しい。

タニアにもかつて語ったことはあったが、タニアにはどちらかといえば為政者的な知識が豊富で、レオは技術者だ。

エイジの話に興味を抱くポイントは微妙に違った。

「水車みたいな便利な機械がもっともっとあるんですか」

「それでも人の手が完全に離れる仕事っていうのはあまりなかったけどね」

「僕たち職人もそうなったら無用ですね」

「効率を考えると、そうなるよね。でも同時に、ごく一部の職人は、生き残るんだ」

「どういうことですか？　機械が自動で物を作ってたら、太刀打《たちう》ちできないのでは？」

「自動化するには多量に作ってコストを下げる必要がある。でも、一部の商品はそんなに多量に作る必要がない。だから、一つ一つ手作りをしてくれる職人が造ったほうが、結果として安上がりになるんだ」

「はぁー。そういうものですか」

「まあ、私の生きてた世界よりももっともっと技術が発展すれば、そんな個別の物作りすら自動化できるのかもしれないけどね」

「それは便利なんでしょうけど……ちょっと物悲しいですね」

「そうだね……」

　レオと話をするのは、他の技術者の誰とも違う楽しみがある。

　エイジの話は多くの場合、理解されない。あまりにも住む世界が違うのだ。

　だが、レオだけはほら話にも聞こえる異世界の話を、楽しそうに聞いてくれる。そして少しでも理解し吸収しようとする。

祝福された結婚式の日にする話なのだろうか。

そんな疑問もわずかに抱きながら、エイジはレオとしばらく話を続けた。

普段は仕事の話ばかりだから、こうして故郷のことを話すのも悪くはないだろう。

「しかし、親方はそんな場所から、どうやってこの島にやってきたんですかい？」

「わからないんだ……。私は気づいたときには記憶を失っていたからね」

「厄介なことですねえ。最後に覚えているのは？」

「どうも海辺に打ち上げられて、そこから這《は》い回ったところをタニアさんに助けられたらしい」

浜辺からシエナ村まではかなりの距離がある。その間朦朧《もうろう》と何日も歩き続けたのだろうか。どうもその前後についてはハッキリしないことだらけで、エイジとしても気持ちの良いものではない。レオが不思議に思うのも当然と言えた。

「じゃあ海の向こうからやってきたんですかね」

「もしかしたらその可能性もあると思って、前回海辺の村を回るつもりだったんだ」

「ああ……そういうことですか。なにか分かったことは？」

「あるかな。どうもこの島に住む人たちも、かつては船で難破して定住したらしい」

「同じような状況ですか……？」

「いや、どうだろう。それにしてはあまりにも技術格差があるから。技術者がいなかったのか、退化したのか、それとも、船に乗っていた人たちと時間の流れが違うのか」

「僕には言ってることがあまり分かりませんね」

「そりゃそうだろうね」

SFのような話だ。物語の構造に慣れていなければ、想像することも難しいだろう。

もう何年か前、ボーナはこの島にもかつて鉄があったと言った。

なぜ鍛冶師がいないのか。なぜレオは青銅を扱っていたのか。理由はわからない。

いつか全てが分かる……そんな日が来るのだろうか。


宴《うたげ》が進み、エイジも一杯か、あるいは間違えてもう一杯か、アルコールを口に含んでいた。

宴会場にはワインとエール、シードルといったアルコールに混じって、ぶどうやりんごジュースがあるため、飲んでから判明することがあるのだ。

あ、しまったと思っても、一度口につけたものを戻すわけにはいかない。

妊娠中のタニアには一切アルコールを摂取してほしくなかったから、エイジが率先して確かめていたことも災いした。

あるいはレオと話をしていたことも関係していたのかもしれない。

宴が終盤になる頃には、エイジはへべれけに酔っていた。

「たにあしゃーん」

「はいはい、エイジさん、どうしましたか？」

「たにあしゃんは私がまもりますからね」

「はいはい、こんなに酔っ払って、どうやって守るつもりでしょう？」

一番弟子のピエトロがめでたくも結婚し、とても幸せな酔い方だった。いつものように
すぐさま頭痛やめまいに襲われることもなく、ただただ幸福感に浸かっている。

困った表情で見つめるタニアの顔を見ているだけで、なんだか幸せだった。

酔いに任せてその体を抱きしめる。

ふわふわと柔らかく、温かい。

どこまでも沈み込むような安心感に包まれる。きっと一度知ってしまったら、二度と手
放せない幸福感だ。

「わたしにまかしぇれくらさい……」

「はいはい、分かりましたから。そろそろ帰りましょうね」

「うい……」

呆れたような、でも少し嬉しそうな、そんな優しい声に包まれて、エイジは宵の中をた
ゆたった。宴が終わろうとしていた。

一人、また一人と帰っていく。

新郎新婦はこれから初夜を迎えるのだろう。

エイジは千鳥足になりながらも、ふらふらと帰り道を歩く。すぐ隣にはタニアが並ぶ。祭壇のある場所からエイジたちの自宅までは歩いてかなりの距離がある。酔っていればなおさらだ。酔い醒《ざ》ましにちょうどよい距離だった。

じょじょに酔いがさめてきた。

頭が次第にハッキリとしてきて、外気の寒さを感じる。頭上には満天の星々。都会では決して見れない星屑《ほしくず》の絨毯《じゅうたん》が敷かれている。

ぶるり、と身震いを一つすれば、霞《かすみ》がかっていた頭も冴《さ》えてくる。

そうして、少し前までの自分の振る舞いを思い返した。

ずいぶんとバカな言動をしていたと、酔いが醒めたあとはいつも自己嫌悪に陥る。

「あ〜〜〜」

「あら、もう大丈夫ですか？」

「タニアさん……。先程は失礼しました。酔っていたとはいえ、醜態を見せました」

「ふふ、普段はカッコいいエイジさんの意外な一面が見れて良かったですよ」

まだ顔が火照《ほて》っている気がするのは、酔いが残っているからか。それとも猛烈な羞恥心に襲われたからか。穴があれば入りたい気持ちだった。

「お恥ずかしいです」

「あら、恥ずかしがることないじゃないですか。とても可愛かったですよ。これから料理にこっそりお酒を混ぜちゃいましょうか」

「や、やめてください」

「んふふ……」

タニアが妖艶に笑う。毅然《きぜん》と言い返したいところだが、つい先程醜態を見せたばかりだ。黙っているほうが得策かもしれない。

家に帰るとタニアが水差しから水を入れてくれるので、それを飲んだ。

キンキンに冷えた水が、火照っていた体に気持ち良い。

「それにエイジさんが飲みたくて飲んでいたんじゃないのも分かってますしね」

「……いやあ、美味《おい》しかったんですよ。ついつい進んじゃいました」

「はいはい。そういうことにしておきますね」

完全にお見通し、といった様子だ。タニアさんにはまるで隠し事ができないな。

まったくやりにくいったらありゃしない。

でも、そんな態度も思いやりから来ていると思うと、とても嬉しかったりもする。

「いつから気づいてたんですか？」

「最初からです。お腹の子のことを気にしてくれてたんですよね？」

「そうですね。まあ、前回タニアさんが酔っ払って、あんまりお酒に強くないってのも知ってましたし」

あのときのタニアさんはとても可愛らしかった。

だが今は妊娠中であり、一滴たりともお酒を口にはしてほしくなかった。

「ありがとうございます。でもちょっとぐらいなら大丈夫だったんじゃないですか？」

「いえ、ダメです」

「そういうところは厳しいんですね、エイジさん」

「あまりこの村では知られてないみたいですが、妊娠中にアルコールを飲むのはぜったいに止めたほうが良いんですよ」

胎児性アルコール症候群と呼ばれ、脳障害や奇形など、重篤な後遺症を残す危険があるのだ。タニアの後悔する姿を見たくないからこそ、エイジは何が何でも止めるつもりで、自分が飲んだのだ。

強く否定したエイジに対し、タニアは少しばかり驚いたようだが、気迫に飲まれるようにしてコクリと頷いた。

きっと軽い気持ちだったのだろう。

話を変えるつもりで、言葉を探す。

「また、こういう光景が見たいですね」

「いつか、私たちの間に生まれた子どもも、結婚式を挙げるでしょうか？」

どこかホッとしたような態度でタニアも会話に乗ってきた。

いつもどおりの空気感。やはり自分たちの間にはこれぐらいが丁度いい。

「私は娘だったら泣いて嫌がってしまいそうです」

「ふふ、エイジさんの姿が想像できます。娘は絶対にやらん、とかってお嫁に行けなかったりして」

「まだ実感は湧きませんけど、そう言ってる自信がありますねえ」

「……きっとそんな日を迎えられますよね」

「そうですね。必ず無事に生まれてくれますよ。私がきっと守ってみせます」

エイジがタニアの手をぎゅっと握った。

小さくて冷たい手。かつては畑仕事と水仕事でガサガサに荒れていた手も、今はもちもちふっくらしている。

生活水準が上がったからだ。

エイジが持ち込んだ技術によって、確実に文化や技術は向上している。生活が豊かになって、労苦が減っている。

今度の出産だって、きっとうまく行くはずだ。エイジは心からそう信じた。

◇◇◇

大工の作業場に、木を削る音が響き渡る。

忙しく立ち回るフェルナンドを前に、エイジは見事な腕前をじっと見つめていた。

普段は二人で仕事を回しているためか、フェルナンドの手付きは恐ろしく早い。余計な装飾などは一切しないし、する必要もないのだろう。時代がそれほどの華美を求めていない。

最小限の丁寧さを確保して、どんどんと木材は形を変えていく。

木屑が飛び散り、床は足の踏み場もないぐらいだが、その上をフェルナンドは軽やかに移動する。小柄なフェルナンドの動きは猿《ましら》のようだ。

これでエイジが細かな発注をしても見事に対応してくれるのだから、やはり一流の腕前なのだろう。

木は生き物だ。

繊維は一直線だとは限らない。自然と歪《ゆが》んだり、硬さに違いが出たりと、いろいろな差が生まれてくる。それに上手に対処しながらも、自分の求めた形を作り出していかないといけない。

それには目の前のものに柔軟に対処する細やかな感性と確かな技術が必要になってくる。

それは鉄を扱うエイジでも同じことだが、他人の作業現場を見ていれば自然と見惚《みと》れてしまう。どうしてこんなにも現場の光景は人を魅了するのだろうか。

音の一つ一つ、目に映る光景の一つ一つが、とても美しい。

「それで弟子問題は解決したのか？」

「ええ、おかげさまで。どうにかこうにか全員合格できました」

「弟子が多いと大変だねえ」

フェルナンドの弟子は一人だけだ。

トーマスは優秀な大工見習いのようだが、いまだに職人としては認められていない。

その辺の匙加減は親方次第だから、エイジの口をはさむ理由にはならないが、少なければ少ないなりに苦労は多いだろう。

「フェルナンドさんなら、今回の対応をどうしていましたか？」

「さあな。それこそなってみないと分からないよ。エイジは真面目だから悩むんだろうが、僕は結構そのあたりはいい加減だからね」

「大工仕事だって、技術は教えないといけないのでは？」

「そりゃある程度は教えるけど、それは組み方とかのどうしても教えておかないといけない部分だけかな。あとは経験で覚えろってのが僕の方針なの」

それぞれに教育方針があって、作業の内容によっても最適解は変わってくるだろう。

フェルナンドは自分のやり方に自信を持っているようで、少しばかりそれが羨ましかった。

「それで、産院のほうを本格的にスタートさせるってことで良いんだな？」

「はい。大工道具もようやく揃いましたし、人を集めてもらって大丈夫です」

当たり前だが、家を建てるのに職人が一人と見習いが一人では、一体どれだけ時間がかかるか分かったものではない。村の建物など大規模な作業が必要になるケースでは、村中から人をかき集めて、どんどんと作業を進めていく必要があった。

「一応確認させてもらうけど良いな？」

「はい。もちろんです。鋸《のこぎり》は私がすべて担当しました」

「へえ。あれ歯をすべて揃えるのくっそ面倒くさそうだよね。よくできるよ」

「はは、一気にやると嫌になるので、毎日少しずつ進めるのがコツですよ」

鋸歯は左右に散らした刃を一定に整える必要がある。この作業はとても根気がいる。

フェルナンドが手慣れた様子で、納品チェックを済ませていく。多量の釘、鑿《のみ》、鉋《かんな》、釿《ちょうな》、玄能《げんのう》、どれもエイジの弟子たちが一生懸命に造ったものばかりだ。

エイジも検品したとはいえ、弾かれないかどうか、気になった。

できればすべて満足して欲しい。

「うん。大丈夫だろう。よし、じゃあ人を集めるとするよ」

「よろしくお願いします」

「建て方も指定があるんだろう？　現場を見ながら話をしようか」

「いろいろ注文させてもらいますよ」

「ああ、やだやだ。次から次へと問題ばっかり持ちかけやがって」

「期待してる証拠ですよ。出来なきゃ頼みませんから」

いつものように軽口を叩きながら、作業場を出る。嫌そうな顔をしながらも、必ず期待に応えてくれるフェルナンドは、エイジの頼みの綱だった。


産院の建築予定地へと移動した。草は丁寧に刈られていて、視界は開けている。

この場所を選んだ理由は、比較的高い位置にあるからだという。

「日当たりが良くて、風通りも良い、比較的村長の家から近くてって贅沢な要望を聞いてたら、ここぐらいしか空いてないんだよ」

「ほかは畑になっていたり、木が密集していたりしますしね……。面倒な指定でもうしわけない」

「言いたいことは分かるさ。で、ここは君の希望に添えそうかい？」

フェルナンドが歩きながら地面を指差す。一部完全に掘り返された土色は茶色く、また随分と固そうに見えた。

エイジも自分の体を使って地面に触れてみるが、特に問題は見当たらない。たくさんの太陽光を浴びた土はほのかに暖かくなっていた。

誤解されがちだが、文明の発展が遅く、人が少ないからといって、良い土地がいくらでも選び放題とは限らない。むしろ人という資源が限られているからこそ、もっとも労力のいらない優れた土地は、優先的に確保され、家が建ったり畑になったりしてしまう。

エイジの要望はかなりの贅沢で、空いていたのは偶然というよりは村長の家に近いからだろう。人が少ないほど、長の持つ権限は大きく強くなる。

「よくこんな場所が見つかりましたね」

「もともとは他所《よそ》の村から人が来たときに住ませるつもりで空けていたみたいだぜ」

「そうなんですか？」

「ああ。今でこそタニアの家にお前さんが住むことになったが、もともとは他所から旦那を呼んで、新しく家を建ててやって、そこで村長として教育するつもりだったんだろう」

「じゃあ私がここに住んでいたかもしれないと」

新築の家をプレゼントされるというのなら、喜んで受け取っていただろう。エイジがしょんぼりとした表情を浮かべたからか、フェルナンドが少し慌てたようにとりなした。

「まあ、お前さんは鍛冶師だったし、新しい家どころか今の家を勝手に改築できちまうような男だったから、そのままにされたんだろうさ」

「最初はかなりボロボロの状態でしたよ」

「だからって自分で何でも補修できるやつは少ないけどな」

「いや、私もめちゃくちゃ慣れない生活で、くたくたになりながらしたんですけどね」

火の明かりもない薄暗闇のなかで、くたくたになりながらも、体に鞭打《むちう》って穴の空いた壁を補修したのを思い出す。当時はタニアの立ち位置も分からず、自分の記憶すら定かでなかったから、もう必死だった。

「まあ済んだことは良いじゃないか」

「そうですね。すべてが悪いことばかりでもなかったですし。なによりできる範囲で皆さんに助けてもらいましたからね」

「そうさ。僕だってあの頃は鍛冶場を建てるのに大変だったんだ。ボーナの婆さんはお前ならすぐにちゃちゃちゃっと建てられるはずじゃ、とかなんとか無茶振りしてくるから」

かっかっ、と笑いながらフェルナンドに仕事を振り分ける姿が容易に目に浮かんで、エイジは苦笑する。なんだかんだと応えてくれるから、エイジもフェルナンドには無茶を頼んでしまう。

「それじゃあフェルナンドさん、今回の産院も、ちゃちゃちゃっとお願いしますね」

「なんでだよ！」

「いや、なんとなくそう言わないといけない気がして」

エイジの発言にフェルナンドが頭を抱えて叫んだ。

人件費のことを考えずに、多くの職人を集めてみたい。

優れた技術を持つ、様々な技能に習熟した大工を集めて一気に家を建ててみたら、どんなに楽しいだろうか。

おそらくは大工の親方なら迫りくる納期を前に、一度はそんな空想をしたことがあるだろう。実際は人件費だ経費だなんだ、と生産性を考えると、どうしても実現する余地のない考え。

それがいま、エイジの目の前にあった。

シエナ村の人口は三百人を超えていて、そのうち約四割が男性だ。男のほうが少ないのは、過去の戦の影響が大きかった。いまは戦いは終わって、新たな生命が次々と生まれている。タニアもそのうちの一人になるだろう。

農繁期には誰もが自分の畑にかかりきりになるが、農閑期になればこれらの男は大工仕事に駆り出される。普段はフェルナンドたちが細々と村の大工仕事を一手に引き受けているが、いざとなれば百人を超える男たちが一斉に大工へと職種を変えることができるのだ。

「おい、柱持ってこい柱！」

「こっちは筋交《すじか》いもってくるべ！」

「早く鋸《のこぎり》で切らないとどやされちまうぞ！」

男たちの威勢のいい声が投げ交わされる。人の足音、大工道具を使う音、木の削られる音。さまざまな音が一気に鳴り響き、声を通すために張り上げ、ますます辺りは騒がしく、まるで祭りのようになる。

密集した人の熱で暑いぐらいの空気だった。

まるで録画された映像の早送りを見ているみたいだ、とエイジは思った。

圧倒的な物量作戦。

それも素人ではなく、全員が熟練の経験者とあっては、早いのも当然だろう。

その上、この島では日本のように地震が多いわけではなく、基礎を固めるのもかなりやりやすいという利点があった。

男たちが汗水を垂らしながら、一所に密集してガンガンと作業を進めていく。

入り切らない場所では建材を現在進行形で製作している。丁寧に乾燥された丸太がフェルナンドの墨線の指示通りに大鋸《おが》で真っ二つにされ、その木材が他の場所に移動する。

そこでは鋸を構えた筋骨隆々の男たちが、ギコギコと音を立てて望んだ通りの太さや長さへと切り落としていく。

その隣ではできたてほやほやの柱だ筋交いだ梁《はり》だといった木が、鑿《のみ》や鉋《かんな》でカンカンコンコン、シュッシュと丁寧に処理されていく。

地面には多量の木屑、おが屑が散乱し、木の香りがむせるほどに漂う。

「フェルナンドさん、この出たおが屑を断熱材に使いましょうか」

「うん？　どうやって使うんだ？」

「壁と壁の隙間に埋めます」

「そんなことで暖かくなるのかい？」

「まあ、理屈上は。実際はやってみないことには分かりませんが」

古代や中世では、そもそも壁に小さな隙間が空いていることも珍しくない。綺麗に建てる余裕がなかったからだ。

産院はエイジたちが主導するだけに、非常に造りのしっかりしたものになっている。

なお、断熱材として獣の毛皮を張る方法も検討されたが、シラミやダニの関係でお蔵入りとなった。

おが屑、というのはもともとは製材用の道具、大鋸《おが》から出たものをいう。

もとの道具の存在が忘れられて、言葉だけが独り歩きしている状態だ。大鋸を扱える材木職人は、もはや日本でも一桁しかおらず、失われた技術だ。電子鋸《のこぎり》の普及で使われなくなったためだった。

エイジの提案を思案していたフェルナンドだが、深く一度頷くと、とりあえず試してみよう、と言い出した。

「そんなに簡単に採用して良いんですか？」

「まあ今回はエイジ君のアイデアをトコトン取り入れているからね。問題があれば、次に繋《つな》げるさ。これだけ新しいことにチャレンジする機会も少ないし、挑戦する場所として活

ない。

これがエイジとタニアの家だったら、もしかしたら自分で直せと言われていたかもしれ
「まあ、産院だからな。場所が場所だけに、それはちゃんとすることにするよ」

「問題があったら、リフォームをお願いしますね」

用させてもらうよ」

フェルナンドの実行力の高さに感心しながらも、あまり無茶ぶりばかりもできないな、
と思うエイジだった。

早朝の鍛冶場に、エイジが多量の荷物を手押し車に載せて運んできた。

載せているのは村中からかき集めた大工道具だ。特に鋸や釿《ちょうな》、鑿《のみ》といった刃物が多い。

それなりに道を整備していたとはいえ、手押し車で運ぶのはなかなかしんどかった。

ふぅと手をブラブラ振りながら、エイジが鍛冶場に入る。

弟子たちがエイジの持ち運んだ道具の数々を見て、うわぁ、と溜め息を漏らした。

「察しの通り、研ぎ仕事ばかりだけどよろしく頼むよ」

「うへぇ、今日は一日仕事になりそうだなあ」

「俺が回転砥石使うっすね」

「あ、じゃあ私は仕上げやります」

「僕も残りの回転砥石を使わせてもらおうかな」

「えっ、ちょ、お前らはやっ……！」

ダンテが嫌そうな顔をしている瞬間に、レオを始め他の弟子たちが自分のやりたい部分を請《う》け負《お》っていく。自分の体型や性格に合わせた役割なことはもちろん、負担の少ない場所を率先して勝ち取った形だ。

「こいつ等、油断も隙もねえ……」

「はは。ダンテはちょっと遅かったな。じゃあ鋸《のこぎり》の仕上げをお願いしようか」

「うげえ……さっいあく……」

小まめに刃を研いでいるならともかく、一度鈍ってしまった刃をつけ直すのは容易ではない。なによりも根気と集中力を求められる仕事だから、終わったらへとへとになってしまう。

ダンテが苦り切った表情を浮かべたのも自然な反応だろう。

「よし、じゃあダンテは私と一緒にやろうか。貧乏くじを引いたんだ。代わりに指導してあげよう。どっちにしろ、最後には研ぎも身につけないといけないからな」

「おっ、マジか。それならまだ我慢できるぜ」

なんとかやる気を取り戻してくれたようだ。

一番面倒な部分を担当するのだから、これぐらいの役得はあってもいいだろう、と思っていたら、視線に気づいた。

羨ましそうな目でエイジとダンテを見つめる顔。

同じように指導が受けたいらしい。

「またの機会にね。今回はダンテの指導だけにしておくよ」

「早まったっす」

「私も受けたかったなあ……」

「残り物には福があるって奴か……」

「さあさあ、仕事を始めよう！」

エイジの一声で、仕事が始まった。

鍛冶場によっては、鍛冶師と研ぎ師の仕事を分けていることも多い。特に大所帯になればなるほど、専業化、分業化が進んでいく。だが、エイジのような野鍛冶はそれでは仕事にならない。おそらくこの島でも、分業が進むのはもっと遥か後の時代になってからになるだろう。

その頃には自分は生きていないに違いない。

エイジはダンテと共に鋸の歯の一つ一つに鑢《やすり》をかけていく。

非常に細かい目をした鑢は鋸用の特注品で、他の研ぎには使うことが滅多にない。

何十にも分かれた歯を一つ一つ、一定の角度を保ったまま研いでいくのだ。

このとき角度が違ってしまうと、切れ味に微妙な違いが生まれて、鋸《のこぎり》を使っているときに全体が反ったり泳いだりしやすくなってしまう。

「親方よぉ、これやってると、いっつも俺様腰が痛くなるんだよ」

「奇遇だね。私も腰や肩が痛いよ。目も疲れるし」

もともと鍛冶師には腰痛が起きやすい。

西洋鍛冶なら高い場所に金床を用意したり、日本では床に穴を掘ったりして対応しているケースもある。

だが、体を屈めて椅子に座って作業することも多かった。

今回のように細かな作業をずっと続ける場合には、どうしても体が前屈みになってしまって、あちこちが悲鳴を上げ始める。

「休憩しねえ？」

「一段落したらね」

反面、鍛冶師には長生きする者が多い。一年中ダンベルで運動しているようなものだから、有酸素運動と無酸素運動の両方を兼ねた動きをしているのだ。

すでに長年の域に達して体のできているエイジは、余計な負担がかかりにくいように、体の使い方も洗練されている。ダンテのように慣れていない状態で根を詰めるのは大変だろう。

「畜生……休みてえ」

「ほらほら、手が止まってる」

だが、適度に体を疲労させることも重要だったりするのだ。疲れているからこそ、余計な動きをする余裕がなくなって、無駄が削ぎ落とされる。中途半端に中断して回復してしまうと、その無駄がいつまでも省かれなくなってしまう。

エイジの指導にブツブツと文句を言いながらも、ダンテはちゃんと言いつけを守って働き続ける。思えば随分と従順になったものだ。

「よし、休憩しようか」

「ふぅー！」

「それじゃあ師匠の腰を揉んでくれるか」

「えっ、マジかよ……」

「ほら早く。終わったら私もやってあげるから」

とほほ、と嘆くダンテを促しながら、エイジは腰に感じる心地よさに顔を緩めた。

◇◇◇

そして、建築はどんどんと順調に進んだ。

エイジは時折意見を求められることはあったが、実行するのはフェルナンドたちだ。指示の内容を分かりやすく噛み砕き伝える必要はあったが、それも実行する人間ほどの苦労ではないだろう。今回の件については村中を巻き込んでいる。

いったいどこに足を向けて寝れば良いのやら。

もちろんエイジたちも必死に道具の調整は行った。家を建てることに関しては多くの経験がある村人たちも、大工道具に関してはそうではない。フェルナンドたちは自分で道具の手入れを行っているが、小刀や鑿《のみ》といった刃物は鈍《なまく》らになり、時に刃が欠ける。

多量の研ぎ仕事や刃付けの仕事をこなして対応した。

その甲斐があって、フェルナンドから完成の報告を受け取ることができた。その間わずか三ヶ月。尋常ではないスピードだ。

「やあ、エイジ君！　ようやく来たな」

「完成したんですって？」

「おう。まったく急《せ》かすから大変だったんだぜ」

「ありがとうございます」

「まあ、あの大量の道具の整備をこなしたエイジ君も大変だっただろうけどな」

「私一人だとムリだったでしょうね」

フェルナンドの言葉にエイジは心から同意した。どうしても扱い方が荒くなりがちで、研ぎ直し一つでも結構な時間がかかる。できれば今後は繰り返したくない作業量だった。

フェルナンドの案内に任せて歩く。もとより建てる場所は知っていたが、本当にできあがっている。わずか三ヶ月でよく建てたものだ。かつて日本でも大工や左官の仕事は人件費が非常に安かったため、大量動員される傾向にあったというから、時代による影響も大きかったのだろう。

「一応最初の指示どおりに作ったはずだけど、漏れがあっちゃならねえからな、確認してくれるかい？」

「分かりました。早速見させてもらいます」

開け放たれた玄関を潜《くぐ》る前に、靴の泥を綺麗に落とす。これからはずっと清潔を保つ必要があるのだ。使用前から汚すわけにはいかない。

「できれば石畳で舗装したいぐらいですね」

「そこまでするなら時間がいくらあっても足らないね」

「たしかに……砂利だけ敷くとかかなあ」

一度地面を掘り返して、砂利や砂などの積層構造を作るローマ式の道路敷設などは非常に手間がかかる。かといってアスファルト舗装ができるわけでもなく、道の舗装技術は頭の痛い問題だ。

今後何かしらの手を考えないといけないな、と頭の隅に書きとめつつ、エイジは中に入った。

「おお、広いですね」

「今後のことを考えて、ベッドを六床用意した。どれほど妊娠が重なっても、これだけベッドがあれば間に合うだろう」

「素晴らしいです」

これならば産後ゆっくりと寝ていることも可能だろう。

床上げなどという言葉もあるが、この島ではそんな慣習はほとんど存在しない。子どもを産めば一日でもはやく復帰させることが良いと考えられていた。

あるいはそれは余裕の無さの裏返しかもしれないのが難しいところだが、エイジの農業改革などで、生活にゆとりを得つつある今、少しでも産後のゆっくりする時間を作っておきたいところだ。

「こっちが出産場所だ。エイジが言ってた出産用のベッドに採光窓は二重に、扉も二重に設けて空気の入れ替えと保温を両立させた」

「大変だったんじゃないですか？」

「面倒なんてもんじゃないさ。でもたしかにこれは暖かい。壁には保温用としておが屑をたっぷりと詰めてる」

「上手くいったんですね」

「うん、これはなかなか良さそうだ。作業途中に出るもので作れるというのも良いね。あとは耐久性があるかどうか、今後テストしていくよ」

「この村は冬は寒いですからねえ。少しでも導入されるところが多いことを願いますよ」

二重窓には薄く削った竹を差し込んでいる。ガラスのなかなか手に入らない現状、採光をしようと思えば竹ぐらいしか方法がなかった。

本当は和紙が作れれば、それを張れば良いのだが、作り方をよく知らないのだ。エイジの知識も偏りがあった。

「ほら、これは裏からかけ流しにしてる水道だ。この栓を抜けば水が自動で流れてくる」

「おおお、スゴいですねえ。私の家にも作れないかな……」

つい本音がこぼれた。現代日本なら当たり前にある水道の便利さは、嫌というほど感じている。

ただしそんな余裕はどこにもないのが現実だ。言いつつも叶う日は来ないだろうな、とエイジは諦めていた。

「まあムリだろうなあ……」

「そうですよね」

あるいは農業がもっと集約されて、家と家が密接につながれば不可能ではないかもしれない。

今は家同士が離れて点在している以上、導入コストが馬鹿にならなかった。

「さあ、エイジが頼んでいた仕事は全部終わったぜ」

「ありがとうございます。本当に力になっていただけて、助かりました」

「まあ、お前さんの気持ちも分からなくはないからな。ただ、ここから先、僕が手伝えることは少なそうだな」

「そうですね。あとは私の仕事になると思います」

「最後はどれだけ思っても、女の仕事だ。足掻《あが》けるところまでは足掻けばいいさ」

「はい。たとえほんの僅かでもできることがあるなら、やっておきます」

フェルナンドの優しい声掛けにエイジは頷いた。

やるべきことはまだあるのだ。たとえ髪の毛一本の差でも成功率が高くなると言うなら、どんな手だって打ってやる。エイジには固い決意があった。

◇◇◇

エイジがフェルナンドと別れた後に会いに行ったのは、その妻であるアデーレのもとだった。

彼女は村の巫女を務めている。つい先日も結婚式を執り行ったばかりで、村からの信頼はとても厚い。

新しいことを導入するにあたって、アデーレからの口添えほどに力強いものはないだろう。

というのも、人の習慣を変えるというのは容易なことではないからだ。

良いと分かっていても実行できないのが人間だ。いわんや理解できていないことを実行するほど難しいことといったらない。

エイジが頼りに来たと知って、アデーレは明らかに迷惑そうな表情を浮かべた。

「それで私のもとに来たんですか」

「そうです。他の誰に頼むよりも効果があるかと思いまして」

「まったく、あなたは神の教えを何だと思っているんですか」

アデーレの怒りはもっともだ。人のためという考えが根底にあっても、宗教観を勝手に利用されてはたまらないだろう。

実のところエイジとしても、最後の手段にしたかったのだ。

だが、妻のタニアですら、言葉による説得は理解が得られなかった。

前提となる知識が不足しすぎていて、エイジの言うことの理解ができないのだ。

「神は人を救いたいと考えておられるでしょうね」

「当然です」

「でしたら、その救いになる技術を許してくださるのではないでしょうか？　というか、本当に頼れる人がアデーレさんしかいないんですよ。助けてください」

「まったく、あなたという人は屁理屈を……。人の手間をかけさせるのです。本当に効果があるのでしょうね？」

ギロリと睨まれて、エイジは竦んだ。絶対とは言えない。なんだかこの島では、エイジはときに人ならざるものの気配を感じることがあった。

まったく同じ理屈で世界が回っているのかどうか、確信が持てなかったのだ。

「おそらくは……」

「おそらくは……？」

「あ、うそうそ。本当はめちゃくちゃ効果があります」

「どっちですかっ」

鋭い問い詰められて、エイジは頷いた。ここは嘘でもハッタリでも、ちゃんと効果があると言うべき場面だろう。

エイジは顔をキリリと引き締めると、力強く頷いた。右手を握り、胸にドンと当てる。

「本当です」

「はぁ……分かりました。どういう訳かは知りませんが、あなたの知識が有用なのはこれまでに実証されています。ノセられましょう」

「ありがとうございます」

呆れた態度を見せながらも、アデーレは折れてくれた。これで結構人情にあついところがあり、エイジとしてはとても助かっている。

自然と笑顔がこぼれた。

「ああ、それと……」

「なんでしょうか？」

「先程の顔、カッコイイと思ってやってるなら、止めておいたほうが良いですよ」

「ぐっ……」

思ってもいない方向から鋭い指摘が入って、エイジは思わず呻《うめ》いた。

そうか……。カッコ良くなかったか。

たまにタニアが微妙そうな表情を浮かべるから、少しおかしいと思っていたのだ。

エイジが心に僅かばかり傷を負っているあいだに、アデーレがお茶を準備してくれた。

香草を使ったハーブティーを飲み、一息ついたところでアデーレが問いかける。

「それで、いったい私に何を流行《はや》らせてほしいのですか？」

「よくぞ聞いてくれました」

「それが要件で来たのでしょう？」

「そうですね。産院を始めとした、助産師や薬師の手洗いの徹底です」

「村の人々全体にお願いするわけではないんですね？」

「そうですね。ただ妊婦さんやその家族にも、子どもの出産に立ち会うのなら、キレイな状態で立ち会うように徹底してほしいんです」

エイジの求めることを把握したのか、アデーレは少し考え込む。

教会で巫女を務めるアデーレは身綺麗にしている。他の村人よりもはるかに衛生的だ。

それだけに、エイジのいうことも理解してくれるのではないかと希望が持てた。

「なるほど。穢れが出産に影響すると」

「あれ、もともとそういう感覚はあったりしますか？」

「非常に軽くですけどね。エイジさんの求めるような水準ではないと思いますよ」

もともとこの島では石鹸すらなかった。

風呂もなかった。衛生環境はお察しのとおり、といった様子だ。それだけにエイジは危《き》惧《ぐ》を抱いていたのだが、必ずしもそうとばかり限らないらしい。

「村の薬師などは経験則から、多少は身奇麗にしておいた方が良いと言われています」

「そうだったんですね」

「とはいえ、それもなかなかに難しい問題ですけど」

「といいますと？」

「やはり手洗いを敢行するにしても、水場が限られていますから」

「公衆浴場をもっと増やしたり、手軽に水をもっと汲めるようにしないと難しいでしょうかね」

「そうですわね……」

薬師や巫女であるアデーレが身綺麗にするのは、まだ比較的容易だろう。

だが、土を直接触る農家は、家畜の面倒を見る必要もある。

生き物は必ず糞尿を出す以上、汚れはその比ではなかった。

「新しく建てた産院では、水道を引いていますから、入室する前に手洗いを徹底させるのはどうでしょうか？」

「良いかもしれません。でも、それで綺麗にできる範囲は限られていますよね。手の周りだけでしょうか」

「出産前後には着替えの準備をして、身綺麗に保つようにする必要があります」

「うーん、なるほど。考え方としては理解できましたが、やはり納得してもらうのは難しそうです」

アデーレはただしくエイジの話を理解したのだろう。この島に住む人の中でも、一部は非常に柔軟にして高度な知識を有している人がいる。多くの技術や仕組みを知っているわけではないが、本質的なことを理解し、思考を深めるという点では、エイジと遜色《そんしょく》ないか、それ以上に知恵のめぐりの早い人もいる。

「だからこそアデーレさんにお願いしたいんですよ」

「ううん、かといって、突然神のお告げが下るわけでもないですから……」

エイジの再度の要求にも、たやすく頷くことはなかった。

それだけ人を説得する方法が難しいのだ。

「もう規則として決めてしまったほうがよろしいのではありませんか？」

「そういうものだ、と決めてしまえば、今後からは迷わなくなるかもしれませんね」

「ええ。特に生死は私達教会の者たちの管轄とも言えますから、産院の権限を私たちに移していただければ、不可能ではありませんね」

「ただ……無理やり従わせれば反発は起きませんか？」

「その時には説得しましょう」

エイジの懸念に対し、アデーレは力強く回答してくれた。

アデーレとしても、厄介事を持ち込まれているはずだが、最終的にはエイジの提案を一緒に考え、全面的に受け入れてくれている。

これで村の衛生状況は変わるだろう。

少なくとも死産は減るに違いない。

自然と頭が下がった。

「……お手数をおかけします」

「いいえ。もちろん、十分な喜捨をお願いします」

「は、ははは……前回作った女神像はいかがですか？」

「ええ、皆さんとても好意的です。なんだか見覚えのある姿だと笑っていますが」

「それは良かった」

まさかそう返ってくるとは。いや、見返りもなく協力しろという方がおかしいか。

だが、あまりに大きな要求をされても今回は持ち出せるものが少ない。

エイジとしては少しでも負担が少なければ良いなあと思ったが、アデーレの素敵な笑顔を見て、その甘い考えを捨てた。

表情は笑っているが、目は少しも笑っていない。

これから行う労働の対価を、しっかりと回収する決意を固めている。

「さて、今回は一体何をお願いしましょうか」

「は、ははは……お手柔らかにお願いします。今回はタニアさんに絡んでいるとはいえ、村全体の問題ですから」

エイジは真剣に祈った。これほど強く祈ったのは、もしかしたら初めてかもしれない。

だが、祈った相手が悪かったのだろう。あるいは純粋な気持ちでなかったからか。

アデーレから課された喜捨はとても重かった。

◇◇◇

エイジは一人鍛冶場に残っていた。

火の残った鍛冶場は静かで、自分の息遣いが聞こえてきそうなほどだ。

時折パチパチと炭の爆《は》ぜる音だけが響いてくる。

「よし、やるか……」

自然と声が漏れて、エイジは火床の前に座った。

助手もいない状況でエイジが作ろうと思ったのは、小さな小刀だ。守り刀ともいう。

古来、小刀は邪気を払ったり、不吉を切り払う役割を持つとして、親が子に贈る習わしがあった。

エイジは鍛冶師である。

であるならば、最高の小刀を用意しておきたい。そんな気持ちがとても強くなっていた。

迷信に頼る人の気持ちが、今ならば分かる。

これまで信じてきた科学技術は、自分で全てを賄《まかな》えるものではなかった。

最先端科学はもはや驚くほどの分業制で、専門家でも自分の担当しているすべてを把握することが難しい。

エイジの持つ拙《つたな》い科学の知識では、実現できることはほんの僅かしかない。

この島では科学という考え自体がそもそも異端で、縋《すが》り付くことはできない。

信じることのできない状況は、思った以上に心細かった。

小刀が気休めだということは分かっている。

だが、自分でできる限りのことを実行している以上、あと考えついたのはこんな気持ちの問題だけだった。

「安心すればストレスが減り、ちょっとは役に立つかもしれないしね……」

箱鞴《はこふいご》を動かす。

風が送られ火が強くなる。炭が赤く燃え、光が照らされる。空気が熱されていく。

エイジはじっとそれを見つめ、鉄の塊を一つ放り込む。

このために十分に選りすぐった、最高品質の鋼。

鞴の取っ手を前後させ、次々に風を送る。炭はどんどんと赤く赤くなり、熱気が増す。

肌をチリチリと焼く熱気。ごうごうと炎の燃える音が鳴り響く。

眩《まぶ》しい光をじっと見つめて、タイミングを計る。

炎と炭に隠れている鉄の温度を想像する。

鉄鋏《かなばさみ》で鉄塊を掴むと、火床から取り出す。赤から橙《だいだい》の中間色をした鉄は、表面に黒々とした酸化皮膜をつけて、熱気を放っている。

金床に置く。鉄塊はそれほど大きくはない。もとより作る予定の物が小さいからだ。

金槌を振り上げ、下ろす。ガンという響き渡る音。

エイジ一人しかいない鍛冶場には、よく響く。

鉄は熱いうちに叩くに限る。エイジは次々に金槌を振り下ろす。熱にあぶられて、体を動かして、エイジの全身が燃えるように熱くなっていく。全身から汗が吹き出て、熱に煽《あお》られてすぐに乾燥していく。

ガンガンガン、と続けて振り下ろされる金槌。鉄の塊はそのたびに姿を変えて、形が創られていく。ただの塊が、意図した状態へと変化していく。

鉄が周囲の空気に冷やされて、少しずつ色合いを変えていく。

赤色から橙に。橙から黄色、そして黒。冷えてしまった鉄は延びない。

エイジは再び火床へと鉄を放り込む。一人での鍛冶仕事は、火床に鉄を放り込んだ瞬間だけ、わずかに息をつける。

ふう、と汗を拭った。一人でやる作業は、いつもよりも何倍もつらい。

だがこの作業だけは、誰かと一緒にするつもりはなかった。エイジだけがやる仕事だ。

鞴を動かす。炭が燃え盛る。ごう、ごうと音を立てる。

鉄が再び赤くなる。

火箸でつかみ金床へ。金槌を振り下ろし、鉄塊を延ばす。赤めて延ばして、畳んで延ばす。

折り返し鍛錬と呼ばれるこの作業は、鉄に層を作ることができる。

一度折り返せば二層。二度折り返せば四層。

十回ほど折り返せば、千層を超えるようになる。
刃物は使えば摩耗する。
層が増えれば、表面の層が剥がれて、新しい層が切断に役立ってくれる。
また叩けば衝撃で不純物が弾け飛ぶ。
鉄を鍛錬するとは、純粋にするということだ。
余分なものを除く。本質的なものだけが残る。
本当に必要なものだけを、残したいものだけを残す作業。
エイジは生まれてくる子どものことだけを考えていた。
その姿勢は少し、祈りに似ている。
無事に生まれて欲しい。元気に育って欲しい。
タニアにも無事でいて欲しい。
カン、カンカン、と思いを込めて、鉄を叩く。叩く、叩く。
あっという間に時が流れる。
どんどんと鉄は固くなる。金槌から伝わる手応えがたしかになる。
延ばして折り返して、鉄が冷えてくる。また赤めて、叩いて、延ばして。
繰り返し、繰り返し。そうして望む固さになれば、鉄を整形していく。
守り刀だから、大きさは必要ない。

小振りな、その分柄本から刃先まで神経の通った最高の一振りを作る。

皮鉄《かわがね》と呼ばれる炭素量の多い、硬い部分が出来上がった。

柄本、刃物の中心部分の柔らかな心鉄《しんがね》を皮鉄で包む。

効率を重視した大量生産では、この包み込み製法はできない。

同じ刃物を決まった形で切り取った方が、効率としていいからだ。

だが、それでは切れず、曲がらずという相反した特性を作ることができなくなる。

手作業だからこそ作り出せる妙技だった。

使うのは藁灰《わらばい》と蜜蝋《みつろう》。昔ながらの材料を使って、接着剤の代わりとする。

両方の鉄を温め、熱し、そして灰をかぶせる。ピタリと丁寧に重ね合わせると、力強く叩きつけ、圧着させていく。

思った形になると、銑《せん》をかけていく。

表面のほんのわずかな膨らみやへこみを均していく。形の膨らんだ所があれば薄くうすく、鉋《かんな》をかけるような薄さで整形していった。

さらにわずかな精度を求めて鑢《やすり》をかけ、焼き入れ作業へと移る。

高温化した鉄を急冷することで、鉄の強度を高める作業だ。

冷え過ぎれば割れたり、反ったりしてしまう。

焼きが甘いと、切れ味の劣った作りになる。

鍛冶師にとってもっとも緊張する瞬間だった。

小刀の表面に焼刃土《やきばづち》を塗っていく。粘土、藁灰、土を混ぜたどこでも手に入り、だが比率によってまったく仕上がりの違う特別な調合をされた泥を、小刀に塗る。

急冷したくないところは厚めに。しっかり冷やしたいところは薄めに。

そうしてできあがったものを、再度炭に入れて熱する。

鞴を動かし、鉄を高める。

ここまで作業すれば後少し。分かってはいるが、体も心も余裕はない。

全身に重だるい疲労がたまり、恐ろしく暑い。

外は薄暗く、鉄の温度を目視で確認するのに丁度よい。

鍛冶師は目で鉄の温度を見極める。

無数にある色合いから、何度も作ることによって体に叩き込んだ最適な色合い。

赤すぎず、黄色すぎず、絶妙な橙色。

今――。

慌てずしかし早急に、エイジが動く。鉄鋏で小刀を掴むと、切っ先から湯に突っ込む。

じゅわあっと一瞬にして蒸発する音が響く。鉄の色合いがさめざめとして、赤みを失う。

いけるか。どうか。

頼む、できていてくれ。

期待と不安に手が震えそうになる。エイジは慎重に取り出すと、できあがった刀身を眺める。

「ははっ……」

ここで初めて声が漏れた。エイジの顔に、笑みが浮かぶ。

会心の作だった。

夜、疲れ切ったエイジが家に帰ると、タニアが大きなお腹でも変わらず優しく出迎えてくれた。

ゆっくりしていていいといくら言っても、タニアは動くことを止めようとはしない。

多少動いていたほうが体の調子がいいと言って、ちょこちょこと用事を続けている。

だが、エイジとしてはそんな体調でもいつも笑顔で迎えてくれるのは、とてもありがたいことだった。疲れて帰ってきたとき、心がほっと休まる気がする。

家の中に入って、エイジは作ったばかりの小刀を差し出した。

気に入ってくれるだろうか。

喜んでくれるといいのだけれど。

そんなことを考えて、少しソワソワとしてしまう。

「タニアさん、これを持っていてもらいたいんだ」

「なんですか、包丁？」

「ち、違います」

説明不足が過ぎた。きょとんと首を傾げるタニアは可愛らしいが、エイジは思っていた意図が伝わらず、焦ってしまう。

取り落とさないようにしっかりと渡して、エイジが説明を加えた。

「これは守り刀です。私の生まれ故郷では、古くから守り刀は邪気を払い、悪いことや嫌なことを遠ざけてくれると信じられてるんです。だから子どもが生まれたら、親から贈られることが多いんですよ」

「へえ、そうなんですか。見てみても良いですか？」

「もちろんです」

「うわっ、ものすごく切れそう……」

「会心の作です。邪気を払うだけじゃなくて、本当に身の危険が襲ったときにも使えるようにって」

鞘《さや》を払ったタニアが、小刀をじっと見つめている。

濡れたような妖《あや》しいまでの光沢を放つ小刀は、切れ味を試そうと爪を当てるだけで、その爪が軽く切れてしまうほどの恐ろしい切れ味を誇っている。エイジが過去に作ってきた様々な刃物の中でも、最上級の出来栄えになった。

無我無心で金槌を振り下ろしていたが、あるいはそれが良かったのかもしれない。

「良かったらタニアさんにそれを持っていてほしいんです。子どもが生まれたら、タニアさんが手渡してください」

「私がですか？　エイジさんのほうが良いんじゃあ？」

「いいえ。出産は大変でしょう。一番悪いものを跳ね除けたほうが良いのは、タニアさんのほうじゃないかなって」

「ありがとうございます。大切にしますね」

「この小刀は、タニアさんが出産を無事に終えてもらえるように、そう思って作りました」

エイジが言うと、タニアが瞳を潤わせた。

ほんのわずかに目尻に涙が浮かび、ぎゅっと目が強く閉じられる。そして次の瞬間には、エイジの懐に飛び込んできた。

胸板に顔を押し付けながら、ふるふると僅かに震えている。

「私、大丈夫です。きっと元気な赤ちゃんを産んでみせますね」

「子どもだけじゃなくて、タニアさんも無事でいてください。あなたに何かあったら、私はもうおかしくなってしまうかもしれません」

「ううん。大丈夫。エイジさんはとても強い人だから。でも、もしそんなことになったらこの村は大変です。貴重な鍛冶師がいなくなって、お弟子さんたちも苦労しちゃいます」

「ふふ。そうですね。そのためにも今、少しでも安全に出産できるように、いろいろ動いています」

産院の建設はその第一歩でしかない。

それ以外にも、たった一パーセントでも生存率を高められるように、エイジは工夫を怠《おこた》らないつもりだった。

タニアがゆっくりとキスをねだる。

ぷるぷるとした潤いのある唇が触れ合った。

お互いの愛情を確かめあう、優しいキス。

しばらくそうして抱き合って、体を触れ合わせて、そっと離れた。

「しょ、食事にしましょうか」

「ええ……」

なんだか気恥ずかしくなって、エイジは慌てて食卓についた。

夫婦になって、子どもまでできようとしているのに、未だになんだか気恥ずかしいときがある。

幸せに馴《な》れて鈍感化するよりはマシだと思いながらも、もう少しどっしりと構えられないものかとも思った。

鉄は優れた金属だが、だからといって万能というわけではない。錆に弱かったり、重たかったり、金属によって適性があり、使う用途によって変わってくる。

◇◇◇

エイジが交易によって求めた金属は、青銅だった。

青銅は強度が高く、錫《すず》と銅を混ぜ合わせた金属だ。そして、鉄の普及によって扱いが縮小した金属でもある。

青銅器時代、鉄器時代という区分があるぐらい、歴史においては印象的な両者だが、一番の違いは採掘量であることを知る人は少ない。

鉄は世界中に分布しており、鋳造《ちゅうぞう》と鍛造という二種類の方法で精製できるために、量産しやすかったのだ。ただしエイジのように最適な鉄の生産ができる者は限られていたために、青銅と鉄の強度という面では、当時はあまり差がなかったと考えられている。

エイジがいま住んでいる島においても、鉄器は確実に人の手に渡って、その地位を築きつつある。

青銅は以前に比べて、手に入りにくい金属になった。

自分で追い詰めつつある金属を求めるという皮肉な結果に、エイジは苦笑いを浮かべる。

いま、エイジは自分の家の前に出ていた。

砂利を軽く除いた土道に馬車が止まっている。行商人のジャンのものだ。

最初に取り引きを行って以来、ジャンとは何度となく取り引きを続けている。石鹸を始め、かなり有利な取り引きレートになっていた。

こうしてわざわざ家の前にやってくるのも、お得意様を相手にした特権だろう。

「それで、いったい何が欲しいんだい？」

「青銅製のアルコール蒸留装置ですね」

「相変わらずよくわからないものを注文するよな。まあそれで儲けさせてもらってる俺がいうのもなんだが」

「弟子の一人がナツィオーニの町の青銅鍛冶職人だったので、発注書さえ書けば、仕事は請け負ってくれるはずです。注文書通りの物ができたら送ってください」

「あいよ。別に悪さをしようってんじゃないんだ。俺は儲けになるなら請け負うぜ。それが行商人の仕事だからな」

「期待しています。できるだけ急いでもらってください」

「なんに使うんだい？　もともと酒についてはあんたが造ってたじゃないか。装置がバレたら真似されるんじゃないのか？」

「実際の使い方は見ただけじゃわかりませんよ」

「そういうものか」

エイジはレオに代金を渡す。貴金属や宝石などを対価として差し出すことも多いシエナ村だが、エイジの場合はそれよりも喜ばれるものがあった。

道具や蒸留酒、石鹸といった自分でしか作り出せない代物だ。

希望のものが手に入って、ジャンの顔がほころんだ。

凶悪な顔がにやっと笑うと、行商人というよりは、強盗のように見える。

これで誠実だというのだから、外見で損をしている。

まあ、賊に襲われる心配だけはないだろう。

「おほほっ、これこれ。俺はこの石鹸のおかげで大儲けさ」

「消耗品ですからね。鍬《くわ》や鋤《すき》も必要なら用意しますよ」

「分かった分かった。最優先で集めてくるよ」

「じゃあ。これは少量だけど、お酒です」

「おおおお、キタキタっ！」

彼は大の酒好きだ。初めての行商でもお酒に負けてとんでもない条件を飲んだ。

エイジにはよくわからないが、それだけ人を狂わせる魅力があるのだろう。

とくにこの島では高濃度アルコールは手に入らない。

ワインも度数は低く、多量に飲まなければ酔わない人も多いぐらいだった。

「それじゃあ他にも交換しましょうか」

「ああ。食料でもなんでも来い。大抵のものは揃えてるぜ」

「じゃあできるだけ布をもらっておこうかな」

「へえ、シエナ村じゃ布はかなり生産してるんじゃなかったかい？」

「染色はされてないでしょう？」

「ああ、たしかにね」

染色はナツィオーニの街で行われているが、別に染色した布が必要だというわけではなかった。

出産時における多量の布や、手拭きタオル、着替えなど新しい計画を実行するためにこれまで以上に必要になった経緯があったのだ。

が、エイジは余計なことは言わなかった。

どこから村の改革が漏れ出るか分からないからなあ……。

村が発展すると分かれば、その利益を貪《むさぼ》ろうとする人間がどうしても出てくる。フランコとはそれなりに関係性を築けているとは思うが、余計な情報を与えて判断を曇らせるつもりはなかった。

そもそも今の改革さえも、必ずうまくいく保証はどこにもないのだ。

「よし、分かった。じゃあいつもどおりのレートで交換といこうか。あんたの造る酒はどこでも需要がスゴいんだ。もっと作れるなら多量に欲しいがどうだ？」

「申し訳ないですが、大量には作れないんですよ。今回の道具をしっかりと持ってきてもらえれば、もしかしたら増産ができるかもしれません」

「分かった。俺もぜったいにこの仕事はやり抜いてみせる」

「ははは。期待してますよ」

「おう。旨い酒のためなら、こんなの何の苦労でもねえ！」

ジャンの素直な発言にエイジは安心した。

これならば必ず注文は届けられるだろう。

◇◇◇

ジャンの仕事は速かった。

すぐさま行商に飛び回り、必要なものを揃えてくれた。

ナツィオーニの街でも顔が利くらしく、優先的に仕事を請け負ってもらえたようだった。

もちろん、レオの顔も十分に役立ったことだろう。

「というか、あいつら僕を見返そうと思ったんじゃないですかね」

「前に街に行った時もずいぶんと手荒い歓迎を受けてたもんねぇ」

「そうですね。せっかく長《おさ》になったのに、その立場を捨てて出ていくなんてバカだってみんな怒ってましたよ」

「良い部下たちばっかりじゃない」

「僕には出来すぎた部下たちばかりです」

届けられた蒸留器を前に、レオがしみじみとしていた。

鋭い目で検品をしているが、エイジからしてみても綺麗な曲線が描かれていて、接合部などの処理も細やかで見事な出来栄えだ。

ピカピカに輝く姿は見ていても楽しい。

「それで、どう。鍛冶師に弟子入りしたら、その師匠が青銅製の道具を注文し始めて」

「そりゃ裏切られたと一瞬思いましたよね」

すねたような表情でレオが文句を言うが、それも受け止めなくてはいけないだろう。

勝負に負けて、レオはそれこそすべてを擲《なげう》つ覚悟で弟子入りを決めたのだ。

「まあ、鉄が錆びやすいって分かった以上、そんなに腹立たしさはなくなりましたけど」

「それと私は鋳造は専門じゃないんだよね」

「親方は鍛造専門ですもんね」

「うん。やっぱり難しいよ」

下手くそで良ければそれなりに作れはするだろうが、やはり勝手が違う。

一級品を作るにはかなりの試行錯誤が必要になるはずだ。

昔の鍛冶師は鋳造もそれなりに扱えたというから、工業化されるうちに鍛造一本に絞るようになったのだろう。

「で、どう？」

「いい出来だと思いますよ。注文書通りにできてます」

「レオがそういうなら安心だ。あとは接合部分だけだね」

これで課題の一つはクリア。あとは実際に組み立ててみて、使えるかどうかの確認だ。

今回の設計はエイジ一人ではなく、フェルナンドやレオといった技術者が総出で行った。もととなった蒸留器は非常に単純な造りでロスも多かったから、これで少しでも効率よく消毒用アルコールを作りたいところだ。

「こればかりは皮を巻いたりして調整するのが確実だと思いますよ」

「叩いて整えることは？」

「もちろん可能です。直接叩くよりは、布を当てたりしてやるほうが良いでしょう」

「了解。一度試してみて漏れるようならそうするよ」

ガチャガチャと金属音を立てながら、蒸留器を組み立てる。部品と部品の接合部はギリギリの隙間しか生じないように精密に作ってもらったから、組み立てるのには注意が必要だ。

またパッキンやネジといった構造を作ってもらうのは難しかったため、接合は巻いて固定するか、打ち付けて固定するしかなかった。

「これもエイジ親方の世界の技術なんですか？」

「もっともっと大掛かりだけどね。それこそ数百倍、数千倍の効率だよ」

「想像もつきませんね。じゃあどうしてこれを？」

呆れたようなレオの態度はもっともだ。

だが、やりたくてもエイジの中にはそんな知識も技術も存在しない。

今できる限界精一杯が、この設計図の範囲だった。

「ただそれだと私には再現できそうにないから、できる範囲で技術を落としてるんだ」

「はぁ、堪んねえなあ……」

「どうしたんだい？」

「いやあ、親方の知ってる知識全部欲しいなあと思いましてね」

恐ろしいことを言う。だが、エイジも昔似たようなことを思った。

その時は自分の父親の知識や経験が対象だったか。知識や経験だけは、人から奪うことができない。だから学び続けるしかないのだ。

「そりゃずっと付いていてくるしかないかも」

「それはそれで楽しそうですが、独立はしますよ。一度は親方の立場まで上り詰めたわけですし」

「それは残念」

「そう言いながら、あまり残念そうに見えませんね」

「そりゃ弟子が巣立つのは嬉しいからね」

「そんなこと言ってたら、僕のほうが繁盛《はんじょう》して悔しがっても知りませんよ」

言ってろ、とエイジは笑った。本当にレオがエイジよりも上手くなったら、とても悔しいだろう。あまりにも悔しすぎて、もっともっと自分の技術を磨いて、抜き返してやる。

職人のプライドとはそういうものだ。

まあ、まずは抜かれないように、教えながら自分も上達しなきゃならないんだけど。

抜かれてから本気になっているようでは遅いだろう。

追いつけ追い越せと思われる高みであるために、エイジ自身も毎日試行錯誤している。

「さて、じゃあ組み立てて試運転だ」

「分かりました」

話をしながらも、手元には集中する。長らく職人を続けていると、少しずつ口と手が別の動きをできるようになる。もちろん極度に集中力が必要な場合は無口になるが、組み立て作業なら話しながらでも可能だ。

細分化された筒をいくつも組み立てて、一時間ほどで完成した。

「案外簡単だったね」

「そうですねえ。しかしよく分かりませんね。これでどうやってワインからあんな濃い酒ができるんですかい？」

実際に見て体験しないと、実感というのは湧かないものだ。

頭で分かるのと、体で理解するのは別物だ。

「じゃあ早速試運転してみようか。レオも見ていきなよ」

「良いんですかい？　もう設計も分かってますから、盗もうと思えば盗んでしまえますよ」

「信じてるからね」

エイジはサラリと言ったが、本気だった。

レオは覚悟を決めてこの村に来ている。

青銅職人の長の立場を捨ててまで得たものが、こんな道具一つでは割に合わないだろう。

「親方……」

だがレオは別の意味で捉えたらしい。ぐっと目に力を入れて、涙を堪えていた。

ちょっと感情が豊かすぎるのではないだろうか。

これからはもうちょっとフォローしてあげたほうが良いのかもしれない。

エイジはレオの態度に少しばかり引きながらも、蒸留の準備を行う。

蒸留器を固定すると、ワインを用意し、ガラス瓶に注いだ。

ガラス瓶を見たレオが驚愕《きょうがく》に目を見開くのが分かった。

「これはもしかしてガラスですかっ⁉」

「あ、よく分かったね。これもナツィオーニに発注したんだ。めちゃくちゃ高かったんだよ」

「そりゃそうでしょう。よく手が出ましたね」

「ジャンには助けられたよ」

「一体どうやって？」

「普通に交換に応じてもらっただけかなあ」

アルコールを蒸発させるためなら、別にガラスにこだわる必要はなかったが、長期間使い続けることを考えて、エイジはガラス瓶を選択した。竹筒の底や土器を炙るという方法も採れたのだが、最適な方法があるならば、それを選択したかった。

エイジとレオが組み立てた蒸留器は小文字の『m』のような形をしている。

一度蒸留して溜まったアルコールを再度蒸留することで、アルコール濃度を一気に高める方法だ。

「火元はどうするんですか？」

「いつもどおり炭で調整するよ」

「割れないんですか？」

「大丈夫。急冷すると危ないけどね」

ガラスは今後、この機具に固定したほうが良いだろう。何度も火にかけていると、膨張と収縮を繰り返すことで、耐久性が落ちていってしまうのだ。

エイジは素早く火を付けると、炭に火を移し、燃え上がらせた。

「ここから蒸発したアルコールが、管を通る」

「はい……」

「青銅の管には上に水を溜めておいて、これが熱した空気を一気に冷やしてくれる」

「熱したり冷やしたり忙しいですね」

「アルコールと水では気化と液化する温度が違うから、アルコールが中心になって液化したものが、真ん中のガラス瓶に溜まるようになる」

「ははー。これを繰り返すわけですね」

「今回の道具では三回連続蒸留する作りだね」

「なるほど……」

エイジの指導をレオは頷いて見ていた。

理科の実験を思わせる楽しさに、レオは夢中になっているようだった。

その楽しさはよく分かる。

ワインがコポコポと透明のガラスの中で湧き上がっていること自体が、どことなく神秘性に満ちていた。

シュンシュンと湧き上がった水蒸気が青銅の中に入り、ポタポタと水滴になって落ちる。

そしてまた沸騰する。色の濃かったワインは、蒸留器を通るごとに薄くなっていく。

連続蒸留させたとはいえ、アルコール度数は劇的に上がるわけではない。アルコールと共に水も多くが蒸発し混ざるためだ。

だが、消毒用アルコールとして使用するなら、そちらのほうが都合が良かった。

よく誤解されるが、アルコール度数が高すぎると、かえって消毒としては役立たなくなってしまうのだ。

昔の人は焼酎《しょうちゅう》やラム酒で消毒をしたが、なかなかに合理的な消毒手段だった。

蒸留を終えたアルコールを瓶から瓶に移すと、エイジはしっかりと蓋をした。アルコールは揮発してしまうため、蓋をしっかりとしておかないと抜けてしまう。

大切にしまったアルコールを、レオが指をくわえながら眺めていた。

随分と物欲しそうな顔をしているが……。

「あげないよ？　これは消毒用として必要なものだから」

「味見とかは……？」

「ダメダメ。またお祭りとかの特別な祝祭日に飲みなさい」

「がっくり……」

蒸留酒は一手間も二手間もかかるため、常飲できるお酒としては扱っていない。

レオは飲めない方ではないため、物欲しそうな顔をしていたが、諦めてもらった。

蒸留器の開発ができたのだ。

これから生産が拡大できれば、飲める機会も増えることだろう。

◇◇◇

エイジは山の中を歩いていた。

鬱蒼《うっそう》と生い茂る木々が太陽の明かりを遮り、足元は注意しないと危険なほど整備されていない。

あちらこちらに低い茂みがあって、突っ込むと手足を怪我《けが》してしまうだろう。

「すごい所に住んでるな」

エイジはついぼやいてしまう。

目的地は、この村唯一の薬師の家だった。

山草を摘むために、薬師のドーラは山の中に家を建てたらしい。

患者が歩いて来れなかったらどうするんだと思ったが、ドーラ自身が頻繁に村の方に降りてくることで、問題を解消しているそうだった。

「あった……」

息が切れ、もしかして道を間違えたかと不安になった頃、ドーラの家にたどり着いた。

木々がそこだけキレイに途切れ、太陽の光が辺りを明るく照らしている。

家は古く、あまりキレイにしている様子はない。

どちらかといえば何も知らずには訪れたくない外観だ。

「ごめんください。すみませーん」

頑丈そうな樫《かし》の木の扉を叩いて声をかけると、ぎぃ、と軋《きし》んだ音を立てて扉が開いた。

そこには歯の抜けた老婆が立っていた。

黒いローブをかぶっていて、薄暗い室内から現れたからか、まるで怪しい魔女のようだった。

おもわず悲鳴を上げそうになってしまったが、エイジはのど奥でそれをこらえた。

危ない所だった。

これからドーラには頼みごとをしないといけない。

いきなり機嫌を損ねるわけにはいかなかった。

「おや、誰かと思えばお前さんかい」

「はい。お久しぶりです。ドーラさん」

エイジとドーラは初対面ではない。

こうして家に訪れることこそ初めてだが、エイジが記憶喪失で村に世話になっていた時には、ドーラが面倒をみてくれていたのだ。

そのときには薬を処方してくれたり、手足の傷を手当てしてくれている。

面識があるだけでなく、世話になった相手だった。

「珍しいねえ。まあ入りなよ」

「失礼します」

「そこ、足元に物があるから引っかけないように気をつけな」

「はい。すごい荷物ですね……。これ全部薬ですか？」

「そうだよ」

エイジは思わずつばを飲み込んだ。

圧倒的な光景だ。

あちらこちらに壺が置かれていて、その中から草の濃い臭いが立ち込めている。

縄が天井からいくつも下げられていて、そこには見たことのない花や草、あるいは蔦《つた》などの植物が乾燥させられていた。

置かれているのは植物だけではなく、おそらくは鹿や猪《いのしし》の角や牙《きば》なども置かれていた。

たぶん内臓も乾燥して保存されているのだろう。

あるいは薬と言いながらも毒草が混じっていることもありえた。

「そんなに珍しいかい？」

「そうですね。初めて見る光景で、ちょっと圧倒されてます」

「ふふふ。これは商売道具でもあり、あたしの宝でもあるのさ。茶を入れてあげよう」

ドーラが熾火《おきび》の上に置いてあった薬缶《やかん》から、茶を入れてくれた。

苦いような、酸っぱいような、癖の強い薬草茶だった。

エイジは顔をしかめないように苦労しなくてはならなかった。

こんなお茶をいつも飲んでいるんだろうか。

「おやおや、この茶を平気な顔をして飲んだ奴ははじめてだよ。味覚は大丈夫かい？」

「おかまいなく」

このくそババア。

ヒヒヒ、と笑いながらエイジの反応を楽しむぐらいだ。だいぶ性格が悪い。

あまり下手に出過ぎるのも問題かもしれないな、と思いながら、そろそろと用件を切り出すことにした。

「ドーラさん、産院が建ったのは知ってますか？」

「ああ。聞いてるよ。ボーナから連絡があった」

「今後そちらで産院の仕事を手伝っていただけないでしょうか？」

エイジは単刀直入に切りだすと、頭を下げた。

ドーラは薬師としてだけでなく、助産師としても非常に村に貢献している。

彼女の長年にわたって培った技術や知識は、けっして軽視できない。

「どうでしょうか？　それだけならいいがな。あたしはドーラさんのお力をお借りしたいんですが」

「それだけならいいがな。あたしはそれだけじゃないと聞いてるぞ？」

「そうですね。できればいくつか、新しいやり方を導入して貰えればと思っています」

エイジは慎重に言葉を繋げる。

誰だって、自分の仕事にはプライドを持っている。

何も知らない素人が横から口出しをすれば、いい気はしないものだ。

ドーラの態度からは、言外に苛立《いらだ》ちを感じた。

「ドーラさんは、キレイにすることに対してはあるていど肯定的だと聞いています」

「まあ、傷口が汚れてたら、そのあとが膿《う》むのは体験から分かってるからね」

「なるほど。それにはちゃんと理屈があるんですけどね」

「ふうん？　どういうことだい？」

「私たちの目には見えない、菌と呼ばれる生物がいて、そいつが傷口に入ると、体が腐ったり、機能が落ちたりしてしまうんです」

「見えないものか。そりゃどうやって分かればいいのさ」

「それが難しいんですけどね。でも私たちは息をしてます。空気は目に見えませんけど、そこにはある」

「空気と菌とかいうのは一緒だってことかい？」

「それぐらい小さなものってことですね。顕微鏡でもあれば、目で見てもらえるんですが」

「なんだいそれは」

「物を拡大して見る……説明が難しいですね」

目に見えないものを証明する。

いま、実物がないものを口頭で伝える。これらはとても難しい。

特に未知のものに対しては、想像することすら困難だ。

ドーラになんとか理解して貰おうとエイジはいろいろと表現を考えるが、納得した様子はなかった。

「できれば産院では手洗いの徹底と、アルコールの消毒、清掃、それと布を多量に使ったお産をしていただきたいのですよ」

「あたしは自分のやり方を変えるつもりはないよ。このやり方でずうっとやってきたんだ。お前さんの怪我を治したのだってあたしさ。一体どんな権限があって、人のやり方に口をつけるのかい」

「お気持ちは分かります。でも本当に優れた方法なんです。騙されたと思って、採り入れてはもらえませんか？」

「ダメだ。まったく何が優れた方法だい。そんなに優れてるならどうしてあたしの耳に入ってこなかったんだよ。あたしのやり方はあんたの生まれるずっと前から、脈々と続いてるんだ」

「そうですか……。できればご協力いただきたいんですが、残念です」

「ふん。ずいぶん素直じゃないか。ようやく分かったかい」

「いいえ。仕方ありませんし。助産には別の方にご協力いただくことにします」

「なんだって……？」

お産はなにもドーラだけでやるものではない。

もちろん、主役となって動いていたのはドーラだろうが、その補助として村の女衆がいつも協力していたはずだ。

どうしても協力が得られないなら、不安ながらも他の人たちが中心になって行動してもらったほうが良いかもしれない。

もちろん、それは最後の手段だと思っている。ドーラが協力してくれたほうが良い。なによりも村人の信頼が違う。

「私なりに、今回の新しいやり方についてはとても自信を持っています。協力いただけないなら、最悪の場合は、指示に従ってくれる人にお産をお願いしようかと」

「忌《い》ま忌《い》ましい。帰りな！」

ドーラが立ち上がって怒鳴った。

老婆とは思えないほどの大声だ。

よほど機嫌を損ねてしまったらしい。

「お茶、ご馳走様でした」

「二度と来るんじゃないよ！」

エイジは立ち上がると、家を出た。

背を蹴り飛ばされるかと思うような鋭い声とともに、扉が閉められた。

エイジはやれやれと肩をすくめると、次の交渉はいつにしようかと、とぼとぼと帰り道を歩きはじめた。

◇◇◇

もともとドーラとの交渉が一筋縄でいくとは思っていない。

エイジが素人から、自分の鍛冶を別のやり方に変えろと口を出されて従う想像が一切できなかったからだ。

ただ、それも口の出し方によるのかもしれない。

今回は、タニアの命がかかっている。

試すような生ぬるい方法ではだめなのだ。

確実に、徹底的に取り入れてもらいたい。

そのためにも、ドーラには全面的に協力してもらう必要があった。

「それでワシを呼んだのかえ」

「そのうえ私まで……」

「すみませんね。お二人とも。どうしても協力してもらいたくて」

「まったく、孫のためじゃから仕方がないわえ。しかし最初から怒らせるような言い方はよしたらええのに……」

「約束してしまいましたからね」

エイジが呼び出したのは、村長のボーナと巫女のアデーレだった。

二人とも、ドーラの家まで溜め息を吐きながら同行してくれた。

普段はあまり歩かないらしく、かなり疲れていそうだ。

「まったく年寄りをこき使いおって」

「背負いましょうか？」

「余計なお世話じゃ！　まったく」

「アデーレさんは？」

「タニアさんに言いつけますよ？」

「ご冗談を」

エイジは顔を引きつらせた。

親切心から申し出たのに、タニアが激怒する事態になればエイジは大変な目に遭う。

これまでタニアとは良好な関係を築き上げてきたのだ。

大きな喧嘩もあまりしていない。

「もうすぐ着くはずです」

「ひぃ、ふぅ……」

ドーラがいくら薬師として村人から尊敬を集めていたとしても、この二人の頼みを無碍《むげ》に断ることはできない。

エイジの持てる人脈を最大まで駆使した交渉を始めるのだ。

大きな貸しを作ることになりそうだと思いながらも、エイジは満足していた。

これだけの人材を集めてきたのだ、きっとうまくいくだろう。

ドーラの家からは煙が立っていた。薬草を煮詰める鼻の曲がるような臭いがもうもうと立ちこめていて、在宅しているのはすぐに分かった。

「ドーラさん、すみません」

扉を叩くのだが、すぐには返事がない。

島の人は気安く扉を開けて中に入ってしまう傾向があるが、エイジとしては訪《おとな》いを告げて、応《いら》えがあってから入りたい。

「いるんじゃろ。入ればええじゃないか。ドーラ、入るぞい」

「良いんでしょうか？」

「玄関までにしておいたら大丈夫では？」

どうやら気にしているのはエイジぐらいのものらしい。

ボーナにしてもアデーレにしても、ぐいぐいと中に入ってしまった。

日本でも田舎《いなか》の古い人だと、平気で入ってお茶まで飲むような家庭もあると言うが、エイジにはちょっと信じられない感覚だ。

玄関で再び声をかけていると、ようやくドーラが出てきた。

「なんだい、またあんたか。もうこの前の話なら断っただろう。あたしの意見は変わらないよ」

「今日は私だけじゃなくて、二人お連れがいます」

「ふん。誰が来たって一緒さ」

「それがこの村の村長と巫女でも？」

「あんた……。分かったよ。入りな」

ドーラの目が見開かれ、観念したように長く閉じられた。

その表情からは、エイジに対する呆れとも、この事態への諦めともつかないものが浮かんでいる。

やはりこの二人の効果はすごい。エイジとしても、この二人に頼み事をされたら断れないしがらみがある。

少しばかり申し訳ないことをしているな、と反省する。

エイジがもうちょっと交渉上手であれば、事態はもっとスムーズに動いたかもしれない。

「それじゃお邪魔します」

「ドーラ、悪いね。お邪魔するよ」

「突然押しかけてすみません」

狭い室内にはエイジたちが全員座れるだけの椅子がなかった。

仕方がないので、エイジは立ち、ボーナとアデーレが椅子に座る。

周囲をきょろきょろと見渡すのはエイジと同じだ。

やはり異様な光景なのだろう。

「まったく、村長と巫女がわざわざ揃って何の用だい？」

「言わずとも分かっておるじゃろ」

「ふん、この坊主の言うことを聞けってか。お断りだね」

「なぜでしょうか？　少なくとも理不尽なことばかりではないと、理解されているのでは？」

「あたしにはあたしのやり方がある。やりたきゃ勝手にやればいいさ。だが、あたしは知らない」

取り付く島もないとはこのことか。

ドーラはふん、と鼻息も荒く、ボーナとアデーレの言葉を断った。

頑固な婆さんだ。エイジとはどうやら肝の据わり方が違うらしい。

強気な態度に、腹立たしいというよりも感心してしまった。

「まあ物は試しにやってみんかね？」

「こんな坊主の言うことに従えっていうのかい？　いったいどんな権限があってさ」

「うむ。お主の気持ちはよく分かる。お主は長年、この村によく尽くしてくれたさ」

「だったら――」

「ただ、こいつがこの村に数多の貢献をしてきたことも、たしかじゃよ」

「それは……」

「お主も村の生活を見ていれば、変化は分かるじゃろう？」

「そうだね……。まあ、大したことをしているのは、認めないわけにはいかないさ」

認められていないわけではなかったのか。

エイジは少しばかり意外な感じがした。

坊主などと呼ばれているし、最初は記憶を失って患者と薬師という関係だったから、もっと軽く見られているものだとばかり思っていた。

「それに、横から口を出すだけじゃありませんよ」

「アデーレの嬢ちゃん、どういうことだい？」

「エイジさんは産院をできるかぎり良い場所に新築して、そのうえ設備もしっかりと整えました。一方的に要求するだけじゃないのは明らかです。ちゃんと尊重していると思います」

アデーレがエイジの援護をしてくれる。

この人はちゃんと見てくれているんだなあ、と思うと、エイジの胸が温かくなった。

目の奥がツンと痛くなる。

しばらくドーラは思案していたが、渋々という様子で頷いた。

「あい分かった。この坊主に言われたならいざしらず、村の重役たる二人が言うんだ。あたしも指示には従うさ」

「ふむ。わるいねえ」

「まったく、若い奴はどんどん年寄りを邪険にするからいかん」

「いや、そういうわけでは……」

エイジが恐縮しながら反論しようと声を上げたが、鋭い二人の視線を受けて、言葉は尻すぼみになった。

この婆さんたち、本当に怖い。

「ここはどうしようかねえ」

「とりあえず産院を見ていただいて、それから決めてもらうのはどうでしょうか？」

どちらにせよ、多量の薬はこちらにあるのだ。保管場所を決めたり、移動するにも準備が必要だろう。

産院は産院としてだけ使い、施薬院はここに残すという手もある。

「ここはあたしの薬草園になってるからね。できればあまり離れたくないんだよ」

「では、産気づいた人がいたら産院に来ていただくのも手ですね」

「薬をいくつか運ぶのは手伝ってもらおうか」

「分かりました。責任を持って預からせていただきます」

まあ、睨まれていようと、やるべきことをやってもらえるならいいのだ。

実施さえしてくれれば、おのずと効果も明らかになって、エイジの言うことを理解してくれるだろう。

それまでは我慢するべきだ。

「しかし突然やり方が変わったら、あたしが言うだけで、他のもんが従うかね」

「私も妊婦やその家族には伝えるようにしますね」

「ああ。あたしだけじゃ従うかどうか分からないからね。アデーレの嬢ちゃんが説《と》いてくれるならいいさ」

現場の話は、エイジ一人では決められない。

というよりは、産婆の仕事などしたことがないから、全然知識が頼りにならない。

クスコとか鉗子《かんし》とか、スッポンでもあれば、お産が楽になるのかな、というあやふやな知識があるばかりだ。

そのあたりの関心の薄さは、やはりエイジ自身が出産を体験するわけではなかったからだろう。

自分が将来お産をすると考えていれば、もう少し前向きに知識の収集を行っていたはずだ。

一体誰が古代や中世の文化水準の世界に投げ出されるなどと想像できただろうか。

準備不足は仕方がないこととはいえ、タニアが無事に出産を終えてくれるように、願うばかりだった。

「いいかい、あたしの欲しい物を伝えるよ」

「エイジ、言いたいことがあればちゃんと言うんだよ。ワシはそのために来たんだからのう」

「お互いに妥協するといけませんわ」

ドーラの願いを少しでも叶えることで、エイジはその願いを少しでも高められるように努力することにした。

ドーラが望むことと、エイジが望むこと。

そして両者が望みを実現するためにできることが、揃い始めた。

第四話　誕生の日に平穏はなく

タニアが妊娠していると教えてくれてから、早くも十ヶ月が経過した。

外の空気は寒く、いつ雪が降ってもおかしくない天気だ。吹き付ける風は冷たいが、どことなくしっとりとしているのは、日本の冬と少し違う。

空模様はいつも曇っていて、薄暗く寒々しい。

タニアは元気だった。

安定期に入ってからは家の中を動き回り、簡単な雑用や家事をこなしている。

エイジがいくら言ってもじっとするのは嫌なようで、その辺の匙加減は本人の意向に任せることになった。

たしかに体を休めすぎることも、筋力や体力を落としてしまうという問題がある。

ただ、ぽっこりと膨らんだお腹を窮屈《きゅうくつ》そうに動かしている姿を見ると、どうしても世話を焼きたくなってしまうのだ。毎日少しずつ大きくなっていく姿を見ているのに、少しも慣れることができない。

今もエイジのためにお茶を淹れてくれたばかりだった。

「だいぶ大きくなったねえ」

「そうですね。もうすぐみたいなんですけど」

エイジの目がタニアのお腹に注がれる。ぽっこりと膨れたお腹は、胎児がとても育っているのが分かる。今すぐにでも生まれておかしくない大きさだ。

それだけに期待と、同じぐらいの不安が胸の中にあった。どうしても最悪のケースを考えてしまう。

打てる手は全て打ったというのに、心配性なことだと自分でも思う。

「薬師さんも産院に移ってくれたし、タニアさんもそろそろ待機しても良いかもね」

「あまり早くから泊まると、寂しいですよ」

「それはたしかに。私も毎日見舞いに行って家に帰らなさそうです」

「もう。それじゃダメじゃないですか。エイジさんもお仕事があるんですから」

「そうですね。ただタニアさんがいない自宅っていうのは初めての経験ですから。物寂しいと思いますよ」

タニアが怒ったように言うが、実際のところは恥ずかしがっているだけだろう。

本当に毎日見舞いに行けば、照れながらも喜んでくれるはずだ。エイジとしてはそれで構わないと思っている。せっかくベッドが空いているのだし、頼れるなら頼ったほうが安全ではないだろうか。

「もし家にいて陣痛が始まったらどうするの？」

「ジェーンさんが毎日顔を出してくれているので、人を呼んで運んでもらう予定です」

「顔を出すのが遅かったら？」

「それは……カタリーナさんがいてくれますから」

親方の家に弟子が訪れて世話を焼くのは、古くならあたり前のことだった。

カタリーナは特に妊娠したタニアの代わりに、家のことを手伝ってくれている。

たしかにカタリーナがいれば、すぐに助けを呼び、産院に運ぶことも可能だろう。ただ、それでも不安はなくならない。エイジは組んだ手の指をくるくると回して弄《もてあそ》んだ。

目線はタニアに合わせず、手元をじっと見つめる。

「それも仕事中は不在のタイミングがあるじゃないですか」

「そうですね……。どうしましょう？　陣痛が始まってすぐ動けなくなるんでしょうか？」

「少しぐらいだったら動けることもあるでしょうけど、ひどくなると身動きもできなくなるそうじゃないですか」

「そう、みたいですね。そうしたらそこで産むんですかね？」

「そんなの絶対ダメですよ。だから、万が一に備えておいたほうが良いと思うんですよ」

エイジの不安点を、タニアは認めてくれたようだった。

頷くと顎《あご》に手を当てて、うーん、と悩み始めた。

エイジとしては、人を呼ぶこと、呼んだ人が産院まで運びやすいように最低限の準備をしておくことは決めておきたい。

タクシーに乗って病院まで運ぶ、救急車を利用するといった移動方法は使えないのだ。使えても担架か荷車か、という選択肢の少なさだ。振動がかかって、体にはあまり良くないだろう。

「でもどうしたら良いでしょうかね？　歩いて呼べたら良いんですけど……」

「じゃあ鐘を鳴らしましょうか」

「鐘を？」

「うん。簡単に作れるからね。声で呼ぶのは難しくても、ガランガランってうるさいぐらいの音が鳴れば、すぐに気づいてくれるでしょ」

それに鐘は邪気を払う。教会で祝福に鳴らすこともあるし、縁起を担ぐという意味でも、良い選択かもしれない。

「すごいですね、エイジさん」

「鍛冶師で良かったって思います」

「エイジさんが農夫だったらできませんものね」

いったいどんな想像をしたのか。

コロコロと楽しそうにタニアが笑い、エイジは口をとがらせた。

麦わら帽子に麻のシャツを着て泥だらけになっている農夫の姿でも考えているのだろう。

そもそも鍛冶師でなければ、タニアとこうして生活できているのかも怪しいのだ。

人生は数奇な縁でできている。あるいはこれも運命なのだろうか。

「もうすぐお父さんとお母さんになりますね」

「まだ全然実感が湧かないです。正直なところ、これでちゃんとできるのかなって不安を感じるぐらいで」

「まあ、お父さんはしっかりと働いてくれることが一番のお役目ですから。エイジさんについてはそのあたりのことは全然心配していませんし」

「そうですか？　信頼が重い。期待に応えられるように頑張らないと」

夫婦共働きが当たり前になったのは、はたしていつの時代からだろうか。

少なくとも、日本でも昭和までは多くの家庭が働く人と家事を行う人に分かれていた。

それはなにも、したいからというよりは、家事育児の負担が専業化しないと成り立たないほどに大きいからだ。

技術の向上によって、家事の自動化が行われるようになった現代だからこそ、共働きが成り立つ。

エイジたちの現在の生活では、水汲みから火起こしといったところから人の手がかかるのだ。家のことを差し置いて働くというのは難しい。せいぜいタニアのように、家のことをこなしながら、細々と内職を行うのが関の山というのが実情だった。

だからこそ、働き手は一定の尊敬を集め、同時に重い責任を負っている。

エイジが家族のことを本当に想うのならば、飢えさせないように、肥えるように、成果を挙げなければならない。

子どもが増えれば負担も増える。

タニアのなんてことはない励ましと、それとない催促に、エイジはあらためて覚悟を決めた。

「エイジさんは父親に育てられたんでしたっけ？」

「そうだね。そういえば、家族の話をこれまで、ちゃんとしたことがなかったっけ」

「はい。お父さんがとても立派な鍛冶師で、技術を受け継いだというのは聞いてますけど」

「昔は母親もいたんだけどさ……」

「お母さんは……」

聞きづらそうな態度ではあったが、興味や関心はあるのだろう。

結婚して子どもも生まれそうという段になってようやく話すのも不思議なことだった

が、こんな機会を逃せば、きっと次に言う機会は訪れないだろう。

あまり人に聞かせるような家庭の話ではないと思いながらも、エイジは自分の家族について語ることにした。

別段、エイジ自身が気にしているわけではないので、なおさらだった。

「私の国では、出産で亡くなる人はものすごく少ないんですよ」

「そうなんですか？」

「ええ。子どもが亡くなりやすいのはたしかですけど、それでも百人に一人、いるのかな？」

「そんなに少ないんですか？　いったいどうやって……」

「医学や薬学がものすごく発達していて、ものすごく人も長生きしますしね」

エイジが新たにもたらした様々な道具が、劇的な変化を生み出しているのは、タニアがもっともよく知るところだ。

奇妙奇天烈《きてれつ》な言動を繰り返す夫が、村だけでなく島中に影響力を及ぼしている。

そんな姿を知っているから、驚きはしながらも、エイジの発言を疑いはしなかった。

「私がこの島で作った石鹸やお酒は、医療目的にも使われるんです。この二つを使うだけでも、たぶん死傷者数はかなり減るはずです。それで、私の母親は無事に出産を終えて、ある程度成長するまで育ててくれました。私が小学生のとき……って言っても分かりませ

んよね。十才だったか、その頃に離婚して、家を出ていきました。鍛冶師としての父につ
いていけなかったんだと思います」
「なにか暴力を振るったりしてたんですか？」
「まさか。父さんは厳格な人でしたけど、私にも母さんにもそういうことはまったくなか
ったですよ」
「そんなに簡単に離婚ってできるんでしょうか。違う場所の話ですけど、ちょっと感覚が
違いすぎます」
「この村とはそれはまあ、違うでしょうね。でもどっちが悪いとか良いってわけでもない
んですよ？」
自由恋愛というよりは、家と家の結びつきとしての意味合いが強いこの時代の結婚観
は、エイジからすればかえって違和感がある。
結局、どちらの結婚観にしても、夫婦の相性が合うかどうか、そして愛情を育めるか
は、お互いの気持ちにかかっているのだ。
どちらかだけに問題があったとは思わない。お互いが少しずつ分かりあえなかったのだ
ろう。
不満が少しずつ溜まって、その不満が解消できなくて、ある日限界を超えた。
エイジはどちらが引き取るのか、という話になって、父親と共に暮らすことにした。

「どうしてなんですか？」

「父さんが一人で生きていけると思えなかったから」

「それは……えっ、でも、いい大人ですよね？」

「そうですけど、仕事のことしかまったく頭にない人でしたからね。多分栄養失調かなにかですぐに死んでしまうと思ったんですよ」

「再婚とかは……」

「しそうになかったですし、実際にしませんでした」

別れたとはいえ、別の相手を探そうという気にならなかったのか。

それともエイジという存在がその足かせになったのか。

父親の英一《えいいち》はずっと黙々と働き続けた。その背中を見て育ったのだ。

よく覚えている。

「父親は本当に鍛冶のこと以外には興味がない人で、放っておいたらカップラーメン……栄養のない食べ物でもずっとそれだけ食べて生活するような人で」

「うわぁ……」

「お金についてもあまり頓着《とんちゃく》しないから、生活も豊かとは言えなかったですね」

エイジは私立の大学には入れそうにもなかった。最初から公立の大学に入ることに決めたのも、家のことを考えてだ。

まあ、だからこそ将来について自分で考えて、選択する思考が身についたのだから、悪いことばかりではなかったのだろう。

それに職人一筋に生きながらも、エイジにその道を勧めようとしなかった点からも、父親に対して悪い気持ちは抱いていなかった。ただどこまでも不器用なだけの人なのだ。

「じゃあ次はタニアさんの番ですよ」

「私の番ですか」

「そうです。タニアさんのお父さんについては、戦で亡くなられたということですけど、これまで両親ともどういう人か聞いてませんでしたからね」

「私のお父さんは、この村の村長をしてました」

「ボーナさんじゃなかったんですか？」

「もともとお祖母《ばあ》ちゃんの旦那さん、お祖父《じい》ちゃんが村長をしてました。それでお父さんがあとを継いだ形です」

「基本的には男性がなるってことですね」

「はい。次はエイジさんかもしれませんね」

「勘弁してください……」

んふふ、と楽しそうにタニアが笑う。

だが、エイジとしては困ってしまう。鍛冶師としてすら、人の上に立つことにずいぶんと苦労しているのだ。

これで村の運営まで任されたら、どうなってしまうか。

「私は案外向いてると思うんですけどね。偉そうな態度を取るわけでなし、人の感情を見ながら差配してくれそうですし」

「いやあ、柄じゃないですよ」

「それでお父さんはとても優しい人でした。いつもニコニコとしていて、怒った姿なんか見たことなかったなあ。私がなにか失敗して、物を壊してしまったようなときでも、まずは私の怪我を心配してくれるような人でした」

「いいお父さんだったんですね」

「はい。とても……」

しみじみと、タニアが頷いた。親子仲がとても良かったのだろう。

一度会ってみたかったな、と心から思う。

そうするとタニアを奪う憎い奴として、それこそ珍しい怒る姿を見ることになったのかもしれないが。

それでも、一緒にお酒を飲んだり、食事を楽しんだり、小さな頃のタニアの話をして盛り上がることもできただろう。

「父さんは島で戦が起きたときも、一番反対していた人でした。恨みが残る前にギリギリまでお互いが話し合って、妥協点を見つけるべきだって」

「賢い人だったんですね」

「そうですね。でもあまり力の強い人ではなかったです。細長い体つきをしていて、力こぶなんて全然ない人で、私が子どもの頃に抱っこされてたら、プルプルと腕が震えてしまって」

「力よりも知恵に優れた人だったんですね」

「だからでしょうか、いつも言葉で人を導こうとしていました」

父を偲《しの》ぶタニアの目は優しげだった。

タニアの優しげで、どことなく理知的な態度は、そんな父親の影響を色濃く受け継いだのだろう。

タニアの華奢《きゃしゃ》な体つきも、父親譲りなのかもしれない。

やはり、知れば知るほどに魅力的だ。

「結局戦は起こってしまって、父さんは強くないのに一番前で戦って、逃げる時は一番後ろに立ったと聞きました。誰よりも勇敢だったって……」

父さんは弱いのに……。

寂しそうな姿を見ていると、このまま話を続けて良いものかどうか迷う。

だが、そんなエイジの悩みを読み取ったのだろう。タニアは話を続けた。

「お母さんは別の村の出身の人でした。とても綺麗な人で、娘の私が見ても贔屓目《ひいきめ》なしで美しいなあ、と思える人でしたね」

「そのあたりはタニアさんにバッチリ引き継がれてるわけですね。お母様、ありがとうございます」

「もう。何言ってるんですか」

お互いの間に流れた空気を変えるための、ちょっとした冗談。

エイジの上手ではないそんな言葉に、タニアが乗ってくれる。

お互いの目的は言葉にせずとも伝わっている。

ほどよい呼吸のやり取りは、関係がうまくいっている証拠だ。

「私は長女として生まれたわけですけど、上に兄が一人いました」

「初耳ですね……」

「生まれてすぐに亡くなってしまったみたいで……」

ああとも、うんともつかない呻きが溢れた。

嫌な話題だった。できれば今のタイミングで聞きたくはなかった。

自分たちの未来を示しているような気がしたから。

「私たちの村って、子どもが一歳にならないと子どもとして数えない風習があるんですよ。生まれてきてもすぐに死んでしまうかもしれないから。その子は生まれたんじゃなくて、一時的に遊びに来ただけ、みたいな」

「私たちの国でも似たような考えはありましたよ。七五三って言って」

死が当たり前に存在するからこそ、死の苦しみを直視せず、和らげるための風習なのかもしれない。

少しでも諦めがつくように。

「それで私が生まれて、無事に育ったのは良いんですけど、お母さんはそれ以来体調を崩しやすくなってしまったみたいで……」

「ああ……」

その先は予想がついた。もとより栄養失調気味の食生活を送っていたのだ。

出産を終えて体調を崩しやすくなったとすれば、長生きできなかったとしても不思議ではない。

だから、これ以上は話さなくても良いと、良かった面を教えてもらうことにする。

「どういうお母さんだったんですか？」

「そうですね。他の村から村長の家に嫁ぎに来るぐらいですから、頭の良い人だったみたいです。あまり村の運営について口出しするような人ではなかったですけど、父さんからは時々相談を受けて、考えを話していましたね」

女性に話を聞く、というのは珍しいように思えて、意外とあるものだ。

具体的な話を聞くというよりは、どちらの考えの方が良いと思うか、というような形の相談であれば、前提知識を必要としない場合も多い。

それに人の上に立つ村長の場合、他人と腹を割って話すことが難しくなる。

その点、夫婦仲が良好であれば、自分の率直な悩みを話すことができるのだろう。

「とても裁縫とかが上手で、刺繍も綺麗でした。冬の間には色々な図柄を教えてくれましたね。動物をかたどったものとか、パターン地とか」

「外見だけではなく、手仕事の面でもいわゆる美人って人だったんですね」

「料理は得意じゃなかったみたいですけど。気づいたら私が毎回手伝ってましたし」

それでも限られた食材の中で、いくつものメニューを教えてくれたのだという。

果物をパンに入れたり、色々なハーブティーを教えてくれたのも母親だという。

家族を思い浮かべて目を細めるタニアの表情に、先程までの憂いはない。

「そのおかげで今、美味しい料理を作れているんですから、感謝ですね」

「エイジさんが料理上手だから、あまり得意にはなれませんけど」

「私も父親に食事を作ってましたから」

それに一人暮らしのときには、自炊も少しばかりしたのだ。

少しでも生活費を抑えたくて、色々と工夫をしたものだ。

最初はパスタ中心になって栄養失調になりかけたこともある。

「それに調理器具の充実が違いますよ」

「エイジさんの料理を見て一番驚いたのはそこかもしれません。基本的には煮る以外に選択肢が少なかったですから」

「その分、タニアさんの上達はスゴかったですけどね」

「エイジさんには負けられません。私にも妻としての矜持《きょうじ》がありますから」

調理器具の充実も、具材の豊富さもやはり比べ物にならない。

いくらタニアが料理についてセンスがあったとして、頭の中にあるレシピの豊富さはエイジに負けてしまう。

だからこそ、タニアはエイジの料理について貪欲《どんよく》に吸収して、次々と自分のものにしていった。

「もし娘が生まれたら、私も自分の子に料理や裁縫を教えてあげたいな、と思います」

「鍛冶はどうかなあ。本人に向き不向きが大きい仕事ですから。本人がやる気なら本気で教えたいかなあ」

「まずは無事に生まれることですね」

「そうですね」

不安を感じながらも、きっと良い未来が来ると信じて、その日を楽しみに待っている。

◇◇◇

もうすぐ生まれるって！

エイジがいつもどおり鍛冶場で働いていたときだ。

閉め切られた鍛冶場の扉が大きな音を立てて開かれた。

シエナ村の子どもの一人が、息を切らせて目線を走らせる。そしてエイジの顔を見つけると、ホッとしたように表情を緩めた。そうして要件を伝えてくれた。

「陣痛が始まったから、今すぐに産院に来いって」

エイジはぜえぜえと息を切らせて伝えてくれた少年に心からお礼を言った。全力で走ってきたのは、喘《あえ》ぐような呼吸を見れば明らかだった。

まだ鍛冶の途中だったが、エイジは珍しく区切りの良い所まで終わらせることなく中断した。

一刻も早く駆けつけたかったし、今から仕事を続けたとして、集中できる気はしなかったから。

「知らせてくれてありがとう。タニアは大丈夫だった？」

「うん。まだ始まったばかりで時間はあるけど、念のために早く来たほうが良いって」

「私は今から準備して行くことにするよ。水でも飲んで落ち着いたら帰って。知らせてくれてありがとうね」

ピエトロに管理を任せても良いが、浮ついた気持ちになって、ケガをされても困る。

今日の仕事の中断を伝えた。

「無事に生まれたら宴会だな。俺様にたっぷり酒飲ませてくれよ」

「エイジ親方、タニアさんの無事を祈ってますね」

「親方、頑張ってっす」

「経験者の僕から言うことがあるとすれば、うろたえずに励ましてあげてくださいよ。ここで力になれない男は愛想をつかされるらしいですからね」

弟子たちも激励混じりにタニアの無事と、生まれてくる子どもへの祝福の言葉をかけてくれて、送り出してくれる。

その優しさが嬉しい。

「後はよろしく」

エイジは鍛冶場から産院まで走りに走った。

朝の段階ではなんの気配もなかった。

ただただいつもどおりの朝のような気がしていた。

産気づくときは一瞬だと聞かされていたが、本当に予想がつかなくて焦る。

息が乱れて足が震える。一分一秒がとても長い。

そうして大慌てで産院の扉を開けようとして、自分が清潔でないことに気づいた。

鍛冶場は火を焚く関係で、どちらかと言えば汚れの少ない場所だが、けっして医学的な意味合いで清潔とは言えない。

誰でもない、エイジこそ他の村人に徹底的な清潔感を求めてきたのだ。

自分がどろどろで入って、タニアや生まれてくる我が子に何かがあれば、悔やんでも悔やみきれない。

エイジは村長の家に移動すると、水を借りて手を洗うことにした。

事前に着替えも用意して置いてある。そんなことも動転して忘れてしまっていた。

「おう、エイジ来たかえ」

「ボーナさん……。遅くなりました」

「いやいや。まだまだ余裕はある。お主は出産を見守るのは初めてだったか」

「そうですね。兄弟姉妹のいない家庭で育ったので」

「出産は下手をすれば半日以上かかる。本人が一番大変ではあるが、見守る人間も張り詰め続けていたら保《も》たんぞ」

幸いボーナの家と産院の間は、歩いてすぐの距離だ。

エイジは丁寧に手を洗い始めた。

鍛冶という仕事は煤や灰にまみれる。顔や手は真っ黒になって、爪の間も黒々と汚れる。炭がこびりついた指は多少洗い流したところで、もはや落ちないほどだ。

だが、それと細菌の意味での汚れは別物である。

しっかりと石鹸で手を洗い汚れを落とすと、そのまま軽く全身も拭っていく。

手の汚れが一番大きいが、体も暑さにやられて汗だらけになっていた。

人の体は汗をかいている間は雑菌も繁殖しないが、その汗が乾き始めると途端に汚れていく。

急いで体を清めるエイジに、ボーナが落ち着くように声をかけた。

あまりにも焦りすぎているのだろう。手洗いは念入りに行わないと、洗い残しが非常に多い。

もとよりどう足掻いても清潔感とは程遠い衛生管理の村で暮らしている。洗濯機や洗剤もなく、家畜を飼っているのだ。

ノミやシラミといった虫もいれば、牛糞や馬糞といった問題もある。

普段であればエイジもそこまで神経質にならないのだが、今ばかりは話は別だ。

多少の手荒れを気にしないぐらいに、念入りに手を洗った。

ソワソワとして今すぐにでも産院に飛び出したいエイジに、ボーナが落ち着くように促す。

「慌てなくともまだまだ生まれやしないよ」

「ありがとうございます。タニアさんの場合、生まれてくるまでにどれぐらいかかるんでしょう？」

「さあてね……。これぱっかりは人によって違いすぎるから、ワシにも分からんわえ。数時間でサッと出てくる子もいれば、まる一日かかるような子もいる」

ボーナの言葉にエイジは顔を青ざめさせた。

まる一日も出産の痛みに耐えるなど、想像もつかない。

「そんなに……」

「初産は特に時間がかかりやすいんだよ」

「だ、大丈夫でしょうか……」

「女の体はちゃんと子どもを産めるようになってるんだよ。心配しすぎさ。お前さんが心配ばっかりしてたら、あの子も落ち着けないじゃないか」

子どもの負担が大きければ、母体への負担も相当だろう。

できれば小さく産まれて大きく育ってほしいのだが、タニアの膨らんだお腹を見れば、相当に大きな子が生まれそうだった。

周りから落ち着け、冷静になれと言われても、胸の中に不安を抱えたままエイジは着替えを終えて家を出た。

なんだか胸騒ぎが収まらなかったのだ。

エイジが産院に着くと、薬師のドーラがようやく来たか、という顔をした。

入り口に用意しておいた蒸留酒を使って、手を消毒。ボーナにも同じように行うように伝えて、中に入る。

「貴重な酒を使って、こんなことに本当に意味があるのかねぇ」

酒の原料になるのは主に葡萄《ぶどう》だったが、人の手が多くかかっている。ボーナは効果を疑問視していたが、エイジは聞かなかった。

「まずは顔を見せてやりな」

「今日はよろしくお願いします」

「ふん、心配しなくてもちゃんとやることはやるさ。お前さんは気に食わない奴だけど、人の命を救うのがアタシの仕事だからね」

エイジが頭を下げると、ドーラは鼻を鳴らすようにして応えたが、目には真摯《しんし》な光が宿っていた。

この人も職人肌だ。

エイジは苦笑を漏らしながらも、タニアに面会する。

ベッドに寝転んだタニアは、すでに陣痛が始まって、びっしょりと顔に汗をかいていた。

エイジを見る顔には、苦痛の色が滲《にじ》んでいる。

「手伝えることは多くないけど、来たよ」

「……私、頑張りますね。ぜったいに元気な子を生みますから」

「名前はもう考えてるんだ。無事に生まれたら聞かせるよ……」

「どんな素敵な名前なんでしょう。楽しみにしてますね」

「ふふ、責任重大だ」

痛みに耐えながら、タニアが答える。

陣痛は男であるエイジには一生知り得ないものだ。

その痛みは、人が感じる痛みの中でも有数の激しさと言われている。

尿路結石や痛風、狭心症など、激痛で有名な症状と比較されるぐらいには、妊婦に辛い負担をかける。

「ドーラさん、タニアさんはかなり辛そうですが」

「はん、出産が楽にできるならとっくに皆がそうしてるさ。黙ってな」

「すみません……」

最近では麻酔によって無痛分娩《ぶんべん》が行われるケースも増えてきているという。

だが、この島ではそんな麻酔技術は望むべくもない。

麻が栽培されている以上、大麻がある可能性も考えられるが、ドーラからその話を聞かない以上、手法として確立されていないのだろう。

あるいはキリスト教圏の原罪のように、分娩には痛みがつきものである、という考えを持っているのか。

とにかくことが始まった以上、エイジにできることは限られている。

邪魔にならないようにドーラの指示に従うことが最善だ。

こんな時には専門家の意見を無視して良いことは一つもない。

「さあさあ、湯を焚くよ。じゃんじゃん沸かすのさ」

「分かりました。火を入れますね」

「心配せんでも、お前さんのやりたいことは分かった。この前さんざん教えられたからね。あとのことはアタシに任せな」

村一番の薬師、産婆でもあるドーラが力強く請け合ってくれた。

一体どれほどの長丁場になるのかわからない。下手をすれば半日や一日の長い戦いになるだろう。それでも、この人なら大丈夫。そんな安心を感じる態度だった。

長い時間が過ぎた。

沸かした湯がからからになって、何度も水を足した。炭を入れなおし、火を調整した。

部屋の温度を温め、空気を換気した。

エイジも忙しく立ち回ったが、薬師であるドーラや手伝いの産婆、何より妊婦のタニアはもっと忙しかった。

太陽が角度を変え、明るかった空は真っ暗になった。星と月が空を照らした。外にはびゅうびゅうと風が吹き、室温が下がる。

それでもまだ生まれない。

くぐもったタニアの声が聞こえてくる。

エイジは最初、時おり部屋の中に入ってタニアに声をかけた。

手を掴ませることもあった。

「うううううう……！」

「タニアさん」

「ううう……！」

腕の骨が折れるかと思うほど強い力で握りしめられた。それほど痛く、また生まれないのだろう。

いきむからだろう、タニアの顔は血が上って真っ赤になっていた。長い髪が汗にべったりと濡れて額に張り付く。

時折励まし、慰め、汗を拭ってやる。

そうしてしばらくすると、部屋から追い出された。

エイジは気になって中を覗きたいが、ドーラには強固に押し止められた。中に入っても邪魔だと言われたのだ。

待つことしかできないのが、とても辛い。

エイジは扉の前で焦燥感にかられて、行ったり来たりを繰り返した。早く生まれて欲しい。時間が経てば経つほど、母体への負担が大きくなる。

タニアは初産だ。骨盤が開いていないのかもしれない。

大丈夫なのか。無事に生まれてくるのか。

もしかして逆子とか、問題があったんじゃないのか。

頭の中をいくつもの不安要素がぐるぐると回っていた。

「座りなよ。もう男はどうしようもないね」

「ボーナさん、そうは言いますが落ち着いてられませんよ」

「ワシだって気にはなってるんだ。ほら、横に座りな」

ボーナが椅子を叩いて、エイジの腕を引っ張る。

強制的に座らされると、じっと呼吸を正してタニアの声に耳を澄ませた。

「ほら、気張りな。もうちょっとだよ」

「うううううう……！」

「もう子宮から頭が出かかってるんだ！」

「ふうう、んんんっ……！」

ドーラの声。手伝いに来ている産婆の励ましの声。それらに混じって、大きな苦悶《くもん》の叫びが聞こえてくる。

エイジはそんな声の重奏を耳にしながら、ラマーズ法のことを思い出していた。

ヒッヒフー、ヒッヒフー。

意味は分からない。呼吸のリズムもよく分からない。だが、学生時代なんとなく口にしたことはある。その必要性も分からなかった。男友達となんとなく冗談交じりに落ち着けと言い合った。

どうしてあのとき、もう少しだけ好奇心を持って調べておかなかったんだろうか。

そのわずかな知識が、タニアの今に役立てたかもしれないのに。

くだらない知識が、意外なところで役に立つことは多い。

薄壁一枚向こうで、自分の妻が本当に苦しんでいるのだ。

なんて情けないことだろう。

「よおし！　出てきたよ！　気を抜くんじゃないよ！　戻っちまうからね！」

「う、うう！」

「がんばって！　頭が抜けてきたよ！」

「そう。あとちょっと。掴めさえすれば引っ張ってあげられるからね！」

「ううう、あああああ……！」

「よおおし！　生まれたよ！　男の子だ！」
「おめでとう！」
ドーラと産婆の力強い声が聞こえてきた。
「うう……ああ……」
タニアの声は疲れ切っているのか、どことなく頼りない。
生まれた……！
早く顔を見たい。タニアを労いたい。
入っても良いのか、悪いのか。
エイジが出産室の前で立ち上がって、声がかかるのを待つ。
すぐ隣にはボーナも立っていた。
ジリジリとした時間が流れて、少しばかり違和感を覚えた。
赤子の産声《うぶごえ》が聞こえてこない。
なぜ、どうして？
扉が開いて、エイジとボーナはすぐさま中に入った。
胸が焦げ付くような、吐き気にも似た不安が襲っていた。
ドーラが険しい顔をして、赤子の背中を叩いている。
タニアがぐったりとしながらも、不安そうな目でエイジを見つめたのが分かった。

「ドーラさん、赤ちゃんは大丈夫なんですか？」

「たまに泣かない子がいるんだよ。今泣かしてるから待ちな」

泣いて、泣いてくれ。

子どもが生まれたときに泣くのは、呼吸を始めるためだと言われている。

お腹の中にいる赤子はへその緒《お》から酸素が供給されているから、呼吸の必要がない。

空気を交換する肺胞という組織は、いまだぺたりと潰れたままだ。

幾千万とある肺胞を膨らませるために、おぎゃあと力強く泣く必要があった。

「なかなか泣かないぞ……」

「大丈夫ですか？」

「たまにそういう子もいるの。ドーラさんは熟練だから安心して。すぐに泣き出すから」

産婆がそう言うも、表情はこわばっている。緊張しているのが分かった。

エイジも手伝いたいが、どうしようもない。任せるしかないことに、強いもどかしさを感じる。

今すぐに近寄ってなにか手伝えたら良いのに。

赤子の体が紫色に染まっていた。チアノーゼを起こしている。

ぷにぷにとした手足をぎゅっと曲げて、叩かれているのが不快なのか、小さな顔をしかめていた。

「ほれ、泣きな。ほれっ」

ぱん、ぱんとお尻を叩かれて、我が子が身を捩《よじ》った。

そして、一瞬の間があって――

「ふぇえ……」

「あっ！」

「ふぎゃあああああ！」

「泣いた……！」

「良かった、タニアさん、良かったですね！」

手を取り合った。タニアの目に涙が浮かんでいた。

憔悴《しょうすい》しきった顔だったが、今は不安が和らいだのだろう。ホッとしたように見えた。

エイジも一瞬にして緊張から解き放たれ、泣いてしまいそうになった。

ドーラが抱えた赤子を、タニアに預ける。

胸の上で泣きながら抱えられる赤子の血色は、綺麗に赤ちゃんという名の通り、血の気が戻っていた。

「いやあ、なかなか長かったねぇ。年寄りのワシはもうポックリ逝《い》ってしまうかと思ったわえ」

「ボーナさん。付添ありがとうございました」

「なあに。ワシもひ孫が無事に生まれてやれやれだよ。それに男の子で良かった」

「私は無事ならどっちでも良かったですよ……」

時代的に跡継ぎが一番考慮されるのは分かっているが、それでも家族の安全には代えられない。

くしゃくしゃの我が子はまだまだ、自分の子どもという実感はなかったが、それでも生まれてくれたことが何よりも嬉しかった。

本当によくやってくれた。

「がんばりましたよ」

「ああ。私たちの子どもだ。よく産んでくれたね。ありがとう」

「この子に、名前を……」

「……うん。リベルトっていうのはどうかな？」

悩んで考えたのだ。この島に馴染んで、生まれてくる子の未来を祝福してくれるよう。

あとは、タニアが気に入ってくれるかどうか。

名前を聞いたタニアが微笑《ほほえ》んだ。

「《自由》ですか。いい名前です。この島の名前に合わせたんですね」

「エイジジュニアとか変わった名前だと、からかわれるかもしれないだろう？」

「ふふ。私はどっちでも良かったんですよ……」

「ほら、エイジさんも抱っこしてあげてください」

「は、はい……」

正直に言えば、怖かった。

どんな抱き方をすればいいのだろうか。

力加減を間違えて、傷つけてしまわないだろうか。そっと抱き過ぎて落としてしまわないだろうか。

瞬時に湧きあがるいくつもの不安と、一刻も早く生まれた我が子に触れたいという欲求がせめぎ合う。

そうしてタニアに渡されて、そっと抱きとめた。

小さな、小さな息子。

生まれたばかりでまだ目も見えないでいる。

それでも、生きている。自分の手の中で、懸命に生きている。

「ありがとう……。生まれて来てくれて、本当にありがとう……」

思わず声が漏れた。

どうかこのまま元気に育ってほしい。

将来どんな子になるのかは分からない。

賢くなるのだろうか。それともおバカに育つのだろうか。

ただ、健康には育ってほしい。

「タニアさん……？」

はぁ、ふぅ、と荒い呼吸。額にぺたりと張り付いた汗、うるんだ瞳はエイジを捉えているようで、どこか遠くを見ているよう。

力なく伸ばされた手を見ていると、心臓がどくんどくんとうるさいほどに張り詰める。

足が震えるような、とてつもなく嫌な予感がした。

「エイジ……さん……」

タニアのふぅ、はぁ、と荒れた呼吸が、少しずつ弱々しくなっていく。

言葉を紡ぐのも億劫《おっくう》そうで、囁《ささや》くような声は擦《かす》れてしまっている。

不安を悟られないように、元気づけるように言葉を返す。

「どうしたの？」

「私、がんばりましたよ」

「うん。ありがとう、良くやってくれた」

「ほら……リベルト、とても可愛いですよ。わたしたちの、こ……」

「元気に生まれたね。不安を払ってくれて本当に嬉しかった。これから二人で育てよう」

「エイジさん」

「何ですか？」

「私、いまとっても幸せです。ちゃんと、あなたの子を産めたから」

——ああ、良かった。

ゆっくりとまぶたが閉じられていくと……握ったその手が、ずしりと重たくなった。

「うそ……だろ……？」

「脈も呼吸も止まっておる……。残念ながらこの子は……」

「うそだっ！」

思わず叫んでいた。

タニアの血の気の引いた顔。ピクリとも動かない手。

まだ温かいのに、エイジが握っても、少しも握り返してくれない。

エイジの態度に何かを感じたのか、リベルトがぎゃあぎゃあと泣き叫んだ。

エイジの後ろで見守っていたボーナが、膝から崩折れた。

「おお……タニア……どうして」

エイジは頬を叩いた。

だが痛みに顔をしかめることも、体をピクリと震わせることもない。

死。

死んでしまう。

いつも笑いかけてくれていた楽しいひと時が。

エイジがふざけるとちょっとだけ困った表情で叱ってくれるやりとりが。

全部、全部失われてしまう。

エイジは恐慌に背を押されるようにタニアに馬乗りになった。

「何をするんだ、死人に手を出しちゃならねえ！」

「うるさい」

「その子は命を振り絞って我が子を生んだんだ。休ませておやりな」

「邪魔をするな」

蘇生を行おうとするエイジをドーラが止めようとする。

つままれた裾を払いのけ、エイジは気道確保を行う。

呼吸はない。人工呼吸、いや、心臓は動いているのか？

心臓マッサージ、そう心臓マッサージが必要だ。

服を脱がし、顎を上げる。大きな乳房の間に手を置いた。

「命は神が定めたものだよ。リベルトが生まれ、タニアが死んだ。それは神様がそう定めたんだ。いくら旦那でも、これ以上は死者への冒涜《ぼうとく》だよ」

「じゃあアンタは薬師としてなんのためにいるんだ！　人の命を救うためだろ！　何もできないなら邪魔をするな！」

リベルトが生まれたのは、ドーラのおかげかもしれない。

だが、今はタニアの命を救わなくてはならないのだ。

「タニアさん、帰ってきて。タニアっ！」

昔、救急救命の講義を受けたことがある。心臓の位置は、マンガなんかで思っているほど左側には存在しない。胸を押すなら胸骨を押したほうが良いのだという。

「何が神だけだ。助ける手段が残っていて、誰が諦めるものか」

呼吸は止まっている。心臓の拍動も止まっている。

死……。

安らかに眠っているだけのようだというのに、今まさに死のうとしている。

「お願いだ。目を覚まして。もう一度返事して」

一分間に約一〇〇回。体重をしっかりとかけて、骨ではなくその下の心臓まで押さえるつもりで、圧をかける。

腕だけの力で反動をつけると骨が折れやすい。

ぐうっと沈み込むようにして、手を伸ばし、上半身の重みで押す、押す。押す。

「帰ってきて、タニアさん！」

反応はない。

心臓の拍動を確かめる。呼吸を確かめる。バイタルサインなし。

「タニアさん、子どもを、親の顔を知らずに生きさせるんですか！　リベルトに会いたくないんですか！」

「――カハッ⁉」

声が届いたのか。母親の愛が、死神の手を振り払ったのか。

呼吸が、戻った。

体がビクン、と大きく戦慄《わなな》き、胸が上下する。ぜはぜはと大きく喉で息をしている。

息を、している！

「よか……たっ！」

「お、おお……バカな……」

「奇跡だ……」

「死者を蘇らせるとは神の技か……」

「タニアさん……！」

驚くドーラと産婆たちを前に、エイジはへたへたとその場で崩れ落ちた。全身から力が抜けて、まともに立っていられなかった。

死にかけていたタニアの手は、ひどく冷たい。

それが先程まで死に片足を突っ込んでいた何よりの証だと思って、エイジの体がガクガクと震えた。

「エイジ、お前さんはなんて奴だ……。良くやってくれた。ワシの孫を、よく助けてくれた……！」

ボーナがボロボロと泣いて喜んでいる。

取り戻せた今だからこそ、失う怖さがまざまざと感じられた。さっきまでは衝動にとらわれて、恐怖も何もなかった。まるで何かに背中を突き動かされるようにしてエイジは動いていた。

うっすらとタニアが目を開ける。

焦点の合っていない瞳は、ひざまずくエイジには向けられていない。

それでも触れた手から、誰なのか察したのだろう。エイジの名を呟いた。

「エイジ、さん？」

「良かった。本当に良かった……！」

声が震えた。体が震えた。自制などできそうにもなかった。

ただただ強く手を握りしめ抱き寄せた。

涙がこぼれた。

赤子の泣く声がする。リベルトの声が部屋に響いている。

そんなことに今更ながら気づいた。

「どうしたんですか？　私は……大丈夫ですよ？」

「うん、うん。タニアさんは、大丈夫だ……。良かった……」

自分が今まさに死の淵《ふち》に立っていたとは思っていないのだろう。

疲れ切った顔で、エイジの頭をそっと撫でる手は弱々しいが、とても優しい。

エイジは恥も外聞もなく滂沱《ぼうだ》と涙を流して、タニアの生還を喜んだ。

よろよろと産婆たちが近寄って、タニアの体を整えていく。手洗い消毒した手で胎盤を戻す。

血を拭い、体を拭いていく。

産婆たちの顔が紅潮し、興奮しているようだったが、エイジはあまり気にならなかった。

神だなどと、とんでもない話だ。

自分がそんな大層なものになった覚えはない。

それならこんなにも安堵《あんど》していない。恐怖に駆られることもなかった。

このままタニアが無事に体調を取り戻してくれるのか、頭はそれだけでいっぱいだ。

エピローグ

エイジは我が子を抱き上げた。

暖かい。小さい。軽い。

なんだかお猿さんみたいで、とても美人なタニアの子どもという感じがしなかった。

それでも、とても愛《いと》おしい。

だが、愛おしさを感じていたのはエイジだけだったようだ。

大切な我が子はエイジの腕の中に収まった途端不機嫌になり、小さく泣き始めたのだ。

「えっ、えっ、えっ……うぎゃあああああ！」

「う、うわわ。タニアさん、泣き始めましたよ！　ど、どうしたらいいですか？」

「あらあら、エイジさんの腕の中だと気に入らないのかしら？」

慌てるエイジと、ニコニコと笑いながらも達観したタニア。

そんなに笑ってないで助けてくださいよ。

そう思いながらも、なんとか父親も力になれる点を示したくて、エイジは我が子を腕の中で揺すった。

「そ、そんな。いや、ただ抱っこになれてないだけに違いない。ほ、ほーらパパですよ？」

「うぎいいい！　やあああああ！」

「ほ、ほら。べろべろばー！　べろべろ～！」

「あははははは。エイジさんスゴイ顔！」

「ちょ、ちょっと、タニアさんが笑わないでください。真剣なんですよ！」

「だって、エイジさんが変な顔をするから」

「あああああああああ!!」

目尻に涙を浮かべてタニアが笑うものだから、顔に火がついたように赤く、熱くなった。

こっちはこんなに必死にやってるのに。ひどい妻だ。

そしてそれだけしているのに、少しも泣くのは収まらない。

「ほら、代わってください？」

「頼みます」

「ああああ！　……あぁぁあ……」

「すごい。泣き止んだ……」

「もしかしたらエイジさんの場合、緊張して抱えてるから、その緊張が伝わっちゃうのかもしれませんね」

「なんだかふわふわで柔らかくって、怖いんですよねえ。もっと鉄みたいに硬かったら良

かったんですが」

「エイジさん。そんなの人間じゃありませんよ」

「ごめんなさい」

タニアがジト目で睨みつけてくる。

エイジは恐縮したように軽く俯いた。でも率直な意見だった。

ちょっと力を入れただけで骨を折ってしまわないか、不安で仕方がない。

これも馴れの問題なのだろうが、落ち着いて抱っこができるのはいつになることだろう。

「もう体調は大丈夫なんですか？」

「そうですね。私としてはこんなにもゆっくりせずに、早く家に帰りたいんですけど」

「ダメです。産後はジッとできるなら、しておくものだそうじゃないですか」

「でも、なんだか罪悪感があって」

「せっかくタニアさんは村長の孫娘で、私がたまたま稼ぎが良くてゆっくりできるんですから、無理はしないでください」

「でもでも。私だけがゆっくりしてるって、エイジさんにも申し訳なくて」

「タニアさんが無理をして復帰して万が一でも倒れたら、この子はどうするんですか」

「そう、ですね……うぅぅ」

タニアが恨めしそうに涙目になっているが、エイジは断固として早い復帰を拒絶した。

床上げなどという言葉があるぐらいなのだ。ボーナもドーラも揃ってゆっくりすることを推奨している。

しかもタニアは倒れた後なのだ。不測の事態が起きないとも限らない。

「エイジさんはゆっくりできていますか？」

「できてますよ。もう遠出もしばらくはする予定もありませんし、村の拡張が第一になるんじゃないですか？」

「それは良かったです。なにかやることは決まってますか？」

「そうですね。もともと農地の改革を始めていたので、それを大々的に行う予定です」

「三圃制《さんぽせい》農業と四輪農法でしたっけ？」

「ええ。ようやく成果が出てきましたから」

シエナ村は農地と休耕を半々で繰り返す二圃制農業が主体だった。

エイジの主導で三圃制農業を部分的に採り入れて、収穫高が大きく増大した。

一気に移行できないのは、三圃制農業が集約型農業だからだ。

個々人の分配が非常に難しくなるし、大型犂《すき》や農耕馬などの準備ができていなければ、三圃制農業は成り立たない。

だがその効果が出て、麦も飼料も食べるのに困らなくなった。

おかげで、冬の飼料に困って家畜を潰す必要もなくなった。

今後は家畜の増産と農耕機具を増産して、集約農業を行っていく予定だ。収入が増えると分かれば、エイジの主導する農業改革に対しても反対派の声は一気に減った。結局は変化を嫌うより、目の前の誰かが大きく稼いでいる方が羨ましいのだろう。

「他にはどんなことを？」

「今後集約が進めば、家の建て替えとかもどんどん進むと思いますよ。同じ畑に仕事しに行くのに、遠く離れていると移動時間が大変ですからね」

「お隣さんができるんですね」

タニアが嬉しそうに笑った。今でも隣家、といってもかなり離れたジェーンとの仲は良好だ。お互いが助け合わないと生きていけないからこそ、女衆の交流はとても密接で、団結している。

「あとはそろそろ村の人たちも鉄製の道具に慣れてきた頃でしょうから、もっと要望に合わせた道具を提供したいですね」

「鍛冶師であるエイジさんの本領発揮ですね」

「そうですね。これまで色々とできるからって、本業以外に力を入れすぎました。弟子たちが部分的にとはいえ職人になったことだし、親方として頑張りたいところです」

「他には他には？」

「やっぱりパパとして、子育ても頑張りたいです……」

「うーん。それはいいかなあ？」

「ど、どうして!?」

「せっかくやる気になってくれているところ申し訳ないんですけど、エイジさんにはお仕事に専念してほしいです……」

「そ、そうですか……」

タニアが目を伏せながらも、キッパリと言い切るにはそれなりに理由がある。ただでさえ生産性の低い時代、仕事と家事の両立などとてつもなく難しい。専業主婦が多いのは、女性が仕事をしたくないのではなく、仕事と家を分業しないと成り立たないからだ。

エイジが子育てを頑張れば、その分稼ぎが減って、家のことが成り立たなくなる可能性が高い。

「どうしても人の手が欲しかったら、お弟子さんに頼んだり、お祖母ちゃんに頼んでお手伝いさんを寄越してもらいますから」

「そうですか……。そうですか……」

「そんなに落ち込まないでくださいよぉ」

「いいえ、落ち込んでませんよ。ぜんぜん、これっぽっちも。元気いっぱいでやる気にみなぎってます」

全力で空回りしたばかりだからか、エイジの声は震えていた。握りしめて持ち上げられた腕は頼りなく、すぐにだらりと落ちてしまう。

「残念ながらそんな時間はないかもしれないねえ」

「ボーナさん!?」

「お祖母ちゃん!?」

突然語りかけてきたのは、難しい表情を浮かべたボーナだった。

なにやら不穏な言葉を聞かされて、エイジは嫌な予感を抱きながら、先を促した。

「どうしたんですか？」

「うん。それがどうもマリーナ村のやつがやってきてね。エイジ、お前さんに話があるっていうんだよ」

「私にですか？　なんでしょう。塩のことかな？」

「いいや。お前さんの造った交易用の船があっただろう」

「ええ。造りましたね」

この島では珍しかった帆船だ。その圧倒的な性能も考えれば、船乗りたちがエイジに目をつけるのも不思議ではない。

あるいは今頃になって声をかけてきたのは、その性能を確かめ、交流を深めてからのほうが良い、と判断したからかもしれない。

エイジは初回以降は利用していないが、交易自体はずっと続けられている。

エイジの製造した農具や工具も、船に載って他の村々の品物と交換され続けているのだ。

やはり自前の船を持つのは大きかった。

エイジたちが自分の村の物を載せるだけではなく、他の村の特産物を載せて差額を儲けることもできるようになっていた。

そんなことを考えていると、ボーナが続きを話した。少しばかり深刻な声だった。

「どうも外洋に出ようとしているらしい。それでどうしてもお前さんの知恵を借りたいんだと」

「それぐらいなら良いんですが。教えるだけでは？」

「もちろんそうさ。じゃが、お前さんはこの島にやってきた原因を調べておったじゃろう。それでわざわざ聞きにきたんだわぇ」

「私は……帰れるんでしょうか？」

「エイジさん……。帰るんですか？」

「いえ、分かりません。自由に行き来できるなら、一度帰って親にぜひ会いたいです。でも、行ったきりになってしまうなら、私は……」

「まだ何も分かっちゃいないけどね。黙っているのも悪いと思って話を持ってきたわけさ」

「ありがとうございます、ボーナさん。手伝い自体は構いません。ただ、そこから先はどうするか、まだ保留にさせてください」

「構わないよ、ゆっくり考えな。でも、ちゃんと決断するんだよ。ワシはどっちでもええと思う。まあ、そのときはワシのかわいい孫とひ孫を連れて行くのは許さないけどね」

「お祖母ちゃん⁉」

「当たり前だろう。たしかに結婚は認めたけど、それはエイジがこの村に永住する予定での話だよ」

「私は、私は……」

思考がぐるぐると同じところを回る。

帰りたいのか。帰りたくないのか。

父親には会いたい。日本には帰りたい。

でも妻と我が子を放ってはおけない。

前々から、原因を調べつつ、先延ばしにしてきた問題だ。

だが、そろそろ先延ばしにはできない。

決める必要があった。残るのか。帰るのか。

エイジは、長い間、黙り続けていた。


〈『青雲を駆ける 6』完〉

主な参考文献（五十音順）

『「豊かさ」の誕生　成長と発展の文明史（上下）』 日経ビジネス人文庫
ウィリアム・バーンスタイン
『超約ヨーロッパの歴史』 東京書籍　ジョン・ハースト
『人間の性はなぜ奇妙に進化したのか』 草思社文庫　ジャレド・ダイアモンド
『中世賤民の宇宙　ヨーロッパ原点への旅』 ちくま学芸文庫　阿部謹也
『都市計画の世界史』 講談社現代新書　日端康雄
『打刃物職人　手道具を産み出す鉄の匠たち』 ワールドフォトプレス
服部夏生
『時間と刃物　職人と手道具との対話』 芸術新聞社　土田昇
『鳥瞰図で見る古代都市の世界』 原書房　ジャン＝クロード・ゴルヴァン
『日本鍛冶紀行　鉄の匠を訪ね歩く』 ワールドフォトプレス　かくまつとむ
『作刀の伝統技法』 オーム社　鈴木卓夫
『衛生学・公衆衛生学』 南江堂　鈴木庄亮他編

ヒーロー文庫

青雲《せいうん》を駆《か》ける 6

肥前文俊《ひぜんふみとし》

2020年7月10日　第1刷発行

発行者　前田起也

発行所　株式会社　主婦の友インフォス
〒101-0052 東京都千代田区神田小川町3-3
電話／03-6273-7850（編集）

発売元　株式会社　主婦の友社
〒112-8675 東京都文京区関口1-44-10
電話／03-5280-7551（販売）

印刷所　大日本印刷株式会社

ISBN 978-4-07-442873-1